U0024012

夫文心者言為文之用心也
昔涓子琴心王孫巧心
心哉美矣故用之焉
古來文章以雕縟成體
豈取騶奭之群言雕龍也

王夢鷗先生

文心雕龍講記

高大威　編註

序

先生心傳道南日
弟子夢繫知北時

一九八三年，我考入政治大學中文研究所碩士班，其前即屢聞夢鷗師其人其學，入學後，老師已自政大退休，但仍兼課，後受聘為輔仁大學講座教授，因此開課時，除政大的學生，也有自輔大遠道前來的，其他院校的學生亦常側身課堂。夢鷗師馳譽四方，慕者絡繹，自無足奇。

進政大的第二個學期，我搬到秀明路一棟公寓的二樓，旁邊小斜坡的另一頭，就是教授的宿舍區——化南新村，戶戶磚泥小樓並一方花木扶疏的小院。距我住的地方，二、三十步就是夢鷗師的家；打陽臺右望，亦清晰入目。木柵淳樸寧靜的那段日子，我經常去喝茶聊天，也偶爾和老師在附近散步，或搭車去西門町大啖福州菜。無論生活、學術，老師的行止皆予我不少啟迪。至於端坐教室聽老師授課，一是讀碩士班時，簡宗梧老師「中國文學批評史」的課上曾請夢鷗師講授《文心雕龍》單元；另一也是讀碩士班時，旁聽開設在博士班的「中國文藝專題研究」，併班上課的還有輔大碩士班的同學；另一是我進博士班後，正式選修「文藝專題」那門課。總此機緣，始於一九八三年九月，而終於一九八八年六月；重點都在《文心雕龍》。

夢鷗師很推崇《文心雕龍》這部專著，讀之精細而究之深廣。那時，高信疆先生在時報文化公司策劃「中國歷代經典寶庫」，其中的《文心雕龍》即由夢鷗師執筆。全書殺青不久，老師任我翻閱甸甸的手稿，那蒼虯勁逸的字跡，至今印象深刻。經典寶庫的設計，旨在用淺近的方式介紹傳統要籍，老師已力求簡易，但對缺乏古典根基的大眾，讀來仍或不免艱深。然而，這本書卻簡要而有系統地呈現了夢鷗師對《文心雕龍》的基本觀照。

「中國文藝專題研究」實為中國古代文學批評的討論課，其內容固不限《文心雕龍》一端，唯上課伊始，夢鷗師就指定以它為主軸，並非這部書無懈可擊，老師嘗撰《文心雕龍質疑》一文（收錄於《古典文學論探索》），指出其中許多內在限制常使讀者「徘徊於理論的窮巷」；然就其整體的組織與思考而言，確有可觀，以經典視之，亦非過當，況且，文學根本、重要的問題，該書幾乎皆已觸及，對教學、研討不失為理想的「引子」。也因此，課堂上探論的不僅《文心雕龍》本身，更在其所關涉而值得深掘的議題。

負笈政大迄今，二十餘載倏焉飛滅；夢鷗師辭世，轉瞬也逾六個寒暑。老師的研究廣涉四部，早年並兼事新、舊體的文學創作；三年前，有感於老師的大量著述散置未理，遂萌搜考彙輯之想，後受國科會補助而順利執行，這本講記即當中的一部分。計畫進行時，我翻箱倒櫃，陸續檢得塵封、泛黃的筆記和多份課程報告，雖零零星星，間有漫漶，猶略得藉瞻老師講論的吉光片羽。於是逐一迻錄、編整，依據老師的相關撰作，佐以個人的追憶，隨文附益小註，往復鉤稽辨覈、訂補修潤。講記的篇幅不大，其告完竣，卻用了不少時間與氣力。

講記的內容，有些已詳於夢鷗師的其他專著，有些則不曾言及，另有些觀點雖已刊布，發論的尺度卻稍見參差，往往運筆含蓄而口說直截。於爬梳細理之際，才驚悟：老師授課時隨手拈來，若萬斛泉源，任地而出，但每句話背後都繫連著老師的專門研究。舊學邃密而新知深沈，此既仰見為師者言必有據的示範，也體會到學者兀兀鑽研的工夫。這本小冊中的種種論述，因受限於課堂情境，求其綮詳，自未若逕讀老師的專著，唯企領其風，此或不讓。

當年上課，起始一、兩週，夢鷗師以導論切入，其後各週，例由一位同學依自設的主題口頭報告，老師再為解惑。當場雖備有同學交呈的紙本，老師則專神聆聽，偶爾才翻閱文字。兩節課，通常過半由同學發揮，餘下的時間，老師即針對其內容，或點撥、或補充、或糾謬、或評論。老師對相關文本極諳熟，思路又快，聽者欲兼顧理解與紀錄，著實不易，以致振筆疾書，所記的份量仍遠遠不及所聞，紙面上東一鱗、西半爪，紛然雜陳。二十多年來，我搬了三次家，有些筆記倖存，有的已佚，搜整這些文字，真可謂之「拾零」。當時既未錄音，考究故實，事倍功半，亦屬必然。

講記編就，而數點猶宜綴明：一、課程重心原既置於《文心雕龍》，講記內容自然泰半圍繞於此，唯修課同學亦有溢題者，故例外不免，今並存真收錄，但仍摭《文心雕龍》為題；二、講記所述種種，皆自學生報告引發，當時夢鷗師多沿按報告，逐項提點，而今脫離了原本針對的特定文脈，就更與「斷簡」彷彿，不過，某些語境的間架，已於小註試為復原；三、旁聽「中國文藝專題研究」之初，座中有博士班學長極力推薦坊間新出的《文心雕龍注釋》，作者為大陸的周振甫先生（多年後得知：此書原名《文心雕龍譯注》，臺版改易其名外，並補足所缺的幾篇語譯），老師欣然表示：「我們就用這本書吧！」次週書到，人手一冊，隔週再進教室，老師甫坐定，就對大家說：「你們讀這本書要小心，錯誤不少喔！」之後，不時指出一些具體問題，老師的《文心雕龍成書年代質疑》一文，起首寫道：「最近里仁書局出版一本《文心雕龍注釋》，用老五號鉛字排印，總共九百二十八頁，可說篇幅巨大，前所未有……。」（此文收入《傳統文學論衡》，頁五六～六二）所指即為周著。目下這本講記，多次提到該書，雖間有肯定，而批評處略多，非有他故，全因當日它是學生手捧的教本，勢須提醒。對其他學者的駁議，亦皆緣於學生報告裡的徵引，而非預存成見；四、原始的筆記，抄寫雜亂——有錄於本子上的，有記在報告間隙或四緣、乃至背面的，亦有直接寫在書頁上的。初無編整面市的念頭，故文簡字略；今重加董理，調子又由書面語回復為口語。然而，逝者如斯，記憶有限，所謂「回復」也者，或已然摻雜對夢鷗師口吻的主觀追想，知我罪我，唯概括承受而已。其於辭氣，固然如此；於問題之實指，則殆無誤記。更精確地說，藉由檢核文獻，筆下的誤記已力為勘正，話語的原旨庶幾不致訛傳。講記既付梓行，往昔相偕受業的學長、同學，若有可資補正的材料或意見，亦期見示，俾供來日增訂。

講記的意義來自講者，而非纂記者，對學術出版物來說，讀者希而版稅微，然衡情度理，即令涓滴，秉筆者亦不應自納。夢鷗師非僅是學問精閎之智者，亦是深具人道情懷的仁者，猶記得老師應《聯合文學》求墨之請，鄭重題予《論語》的「博學於文，約之以禮」。因此，本講記之所得，悉數捐移中華民國紅十字會，濟弱救厄，「寥」以共襄。師若有知，想亦頷頤。

本書順利出版，蒙秀威資訊科技公司宋政坤先生惠予支持，並承該公司林世玲、黃姣潔、陳湘陵、沈裕閔、林怡君諸同仁悉心協助；感銘非一，併此申謝！

高大威於埔里　暨南大學

二〇〇八年十一月

體例說明

○我國文化傳統，允洽得體的「稱謂」乃共決於尊卑、親疏、語境，本即複雜，洎新文化興起，日用又已幡然易軌，其有字、號者，猶得遵循舊秩，否則難以拿捏。酌之再三，本講記遂以「夢鷗師」為稱。

○全書分十八篇，其時間可考者，依先後為序，所不可考者置後。

○諸篇有能檢得原講時間或相關背景者，即於篇目註明，其未及者則從闕。

○篇下分則，其區劃概依原記歸整狀況，故各部分多寡參差；間有零星失繫者，則隸入相關篇什，並標識以【補】。

○註中所引述文獻，其詳細出版項可對照講記最末之「註引文獻」；其中夢鷗師著作，緣於頻引，故取簡稱，其詳亦可索驥於「註引文獻」。

○凡引載《文心雕龍》原文者，先取范文瀾《文心雕龍注》比勘，復以夢鷗師《文心雕龍：古典文學的奧秘》書中載文裁定，隨文並詳二書見頁，前書簡稱「范註《文心》」，後書簡稱「《奧秘》」，其僅標范註《文心》者，即未見於後書引載。若原文於講記中重複徵引，除非後引文字多於前者，否則僅繫於首見之處。《奧秘》一書所引《文心雕龍》原文，既有使用通行字體者，亦有疑為失校者，皆存原書之真，不加改作。

○夢鷗師於一九八四年講授博士班課程時，所用周振甫書為臺北里仁書局梓行之《文心雕龍注釋》，今於講記註中除標此版文字見頁之外，兼載北京中國青年出版社《周振甫文集》所收同書（原題《文心雕龍譯注》）見頁，前者稱以「里仁版」，後者稱以「中國青年版」。

○各則中之方括號〔〕內字，乃註者之補充文字，俾便閱讀與理解。

○各則標有【互參】者，乃明其內容相關、可資交索；若屬同篇分則，是概從略。

○內中所徵文獻，其書、篇名稱，概以《》識之。臺灣於此，尚乏周延規範，每見用之隨意，故茲略準中國大陸之修訂：書、篇名不以《》、〈〉區分，而皆表以《》；唯一名而兼含兩層者，則以《》括〈〉。

目次

第一講

❖本篇重點在《文心雕龍・通變篇》；講授時間為一九八四年十一月七日，乃夢鷗師評學生《通變立論觀點試析》所論。

一・一

前、後七子的「復古」與韓愈不合，七子是「仿古」，韓愈則是「陳言之務去」——只表示對傳統的重視。除去傳統，就沒有文化、文學，文學藉著語言，而語言包攝在傳統之中。

【互參】八・四；一二・九。

一・二

劉勰並不是要人去仿五經之式，「文能宗經，體有六義……。」【註一】——劉勰所要尊的即這「六義」【註二】，經書表達感情、思想，清清楚楚。

【註一】《文心雕龍・宗經》上的整段文字是：「若稟經以製式，酌雅以富言，是仰山而鑄銅，煮海而為鹽也。故文能宗經，體有六義：一則情深而不詭，二則風清而不雜，三則事信而不誕，

四則義直而不回，五則體約而不蕪，六則文麗而不淫。」（范註《文心》，頁二三；《奧秘》，頁三七）

【註二】「文能宗經，體有六義」，夢鷗師謂：「這是〔威按：「是」疑為「個」之誤〕『體』字，應不單是辭章的格式，它還兼括著心意或觀念形態而言。易言之，這六義不止是讀者得自文章上的印象，而還兼括作者寫這文章的用心。」又：「按劉勰說『文能宗經，體有六義』一語，與《明詩》、《詮賦》、《風骨》、《比興》諸篇所言『六義』異其涵義，而與他所執著的『文』之概念則極關重要。體有六義之『體』，與上句文必宗經的『文』，當為『互文見意』的用法。上『文』字猶言具有此『體』之文；下『體』字亦即言作為此『文』之體。因之這個『體』就不是狹義的形式體裁或風格的意思而為文之本身本體的意思。」（《劉勰宗經六義試詮》；《探索》，頁一八四、一九六）關於「六義」的剖析，亦詳於此篇論文。

一・三

鍾嶸《詩品》更近乎純文學，但他專就詩去討論，所以拿鍾嶸、劉勰相比，不恰當！

一・四

「通變」是文學史的主要課題，這是文學在表達感情上的歷史變化，否則就是「化石」了。看《文心雕龍・通變篇》，要輔以《練字》、《章句》，再看《定勢》、《情采》等篇。

一・五

「通變」或許就是從《周易・繫辭傳》「窮則變，變則通，通則久」而來，乃中國傳統的「陰陽變化」——中國特有的，倒不是「辯證法」，它幾乎可以用到萬事萬物。

一・六

「習玩為理，事久則瀆。在乎文章，彌患凡舊，若無新變，不能代雄。」【註】這是通變的原理，救贖之道即在「變」。

【註】語見蕭子顯的《南齊書・文學傳論》（《南齊書》，第三冊，頁九〇八）；夢鷗師亦曾援引這段話，表示：就修辭方法而言，劉勰以及齊、梁時的作家發現的這個定律乃是文學發展的一項動力，而當時在語詞上穿鑿取新，乃至改變舊的文法，這種作風也是出自「踵事增華之必然的結果」（《發展》，頁九二）。又表示：「他（蕭子顯）這裡雖以遊戲來評價文學，但從中卻悟到『彌患凡舊』的文學創作原理，是很可敬的。」（《從士大夫文學到貴遊文學》；《論衡》，頁一八～一九）又：「貴遊文學的本質，重要的乃在作家與欣賞者都是從遊戲或娛樂的觀點來欣賞文章。這樣，把文學當作習玩之事，便正應了蕭子顯所發明的定律。……唯是這種求新求變，則與愛奇好異的心理息息相通，而貴遊文學的恩主既為著愛奇好異而重視文辭，則歷代託乘於後車的文學家不能不隨時供應以奇異的文辭，因而從『侈而豔』，進至『訛而新』，如劉勰所稱的『變』了。」（《漢魏六朝文體變遷之一考察》；《論衡》，頁八八。）相關討論並可參《貴遊文學與六朝文體的演變》（《探索》，頁一一七）。

一•七

形式主義、結構主義，中國的老祖宗老早就說得不要再說了。

【互參】九•一五；一二•二。

一•八

漢代最多的是瑋字，多了經、傳所不見的許多字，如：司馬相如文章中的引申字就有許多【註】，漢賦可以當字典，這是經書所沒有的。因為生活面廣了，增加了許多東西，而且後人看東西比前人精細，所以產生了許多新詞。

【註】所謂「瑋字」，夢鷗師《劉勰論文的特殊見解》云：「是指珍奇而不通俗的東西。」該篇對字詞新變的探討亦有詳說（《探索》，頁一七〇～一七五）。

【互參】一四•四。

一・九

劉勰罵近代文人「輕綺」，他們的文字簡單易認，卻表達了艱難的意思，並且把極複雜的典故化為兩個字，但字本身卻容易認。

【互參】一四・七。

一・一〇

孫德謙作了《六朝麗指》，六朝人喜歡用典，並將典故裡用的字改換，如此則「新」、「訛」，劉勰認為這種「變」違反了文章表達的原則。他要求回頭用「經」的文字去表達，這無可訾議，也無所謂「復古」與否。

一・一一

《六朝文絜》〔所收的文章〕之外，還有更多更難讀的。

【互參】一四・一一。

一・一二

劉勰的《文心雕龍》，任何問題都碰到了，但並未分類，西洋人則是加以分類：一是一般的語言，一是藝術的語言；前者必定要宗經，後者恰恰相反。所以要把劉勰所談論的分開來看。

一・一三

從語言學上看：語言像樹葉，新葉出則後葉落。【註】

【註】夢鷗師云：「人類的經驗與日俱增，詩中所表現人類的經驗也是隨時增長的，所以詩中的語言倘若要有表現力的話，一定要與經驗的增長同時並進。他〔郝拉斯〕說：語言本體有如一棵大樹，而詞語則是那大樹之葉。歲月不淹，老葉可隨時凋殘而代以新葉，但大樹則依然存在。不過，他所說的樹葉並不是一時落盡脫光，而是任何時間總是老葉與新葉並存的。詩的語言，正復如此。所以他主張不偏廢古言及成語，但亦歡迎新詞與俗話之加入詩中。」（《美學》，頁三九～四一）夢鷗師「語言像樹葉，新葉出則後葉落」之語當本於此，郝拉斯即拉丁詩人Horace（西元前六五～八），著有《詩術》（按：夢鷗師譯作此，原名為Ars Poetica，相當於現代英文的The Art of Poetry或On the Nature of Poetry；中文或譯為《詩藝》、《論書代簡》）。

一・一四

語言的變化促進了文學的變化——這還是一般語言。藝術語言則又加上了作者刻意的經營，更是有變。劉勰本身也造了不少，如：「卿淵」——司馬長卿、環淵【註】。他有些造得相當好，有些就差。

【註】這裡舉的例子見於《文心雕龍・才略》，其云：「然自卿淵已前，多俊才而不課學；雄向以後，頗引書以助文；此取與之大際，其分不可亂者也。」（范註《文心》，頁六九九～七〇〇）

一・一五

語言有弄假成真的，某人造一個字詞而為人所普遍採用，這是幸運的；反之，也有不幸的，一造詞就被人批駁，以致不存，如：「蛙翻白出闊，蚓死紫之長」——這是偶然傳下的，當做笑話說，出現於筆記，「出」即蛙腿【註】。

【註】「出」象蛙形，「之」象蚓身。這個例子見於許多舊籍，宋代邢君實《拊掌錄》云：「哲宗朝，宗子有好為詩而鄙俚可笑者，嘗作即事詩云：『日煖看三織，風高鬥兩廂，蛙翻白出闊，蚓死紫之長。潑聽琵梧鳳，饅抛接建章，歸來屋裡坐，打殺又何妨？』或問詩，答曰：『始見三蜘蛛織網于簷，間又見二雀鬥于兩廂。池有死蛙，翻腹似出字，死蚓如之字。方喫潑飯，聞鄰家琵琶作《鳳栖梧》。食饅頭未畢，閽入報建安章秀才上謁。迎客歸，既見內門

上畫鍾馗擊小鬼，故云打死亦何妨也。』」（《筆記小說大觀》六編，頁二四九九）明代郎瑛《七修類稿・奇謔》載：「『蛙翻白出闊，蚓死紫之長』二句，人皆以此訕口，而不知出處。殊不知此宋室有滔大使者好為此排笑之詩也……。」（《續修四庫全書》，第一一二三冊，頁三一九）袁枚《隨園詩話》云：「余雅不喜杜少陵《秋興》八首；而世間耳食者，往往讚嘆，奉為標準。不知少陵海涵地負之才，其佳處未易窺測；此八首，不過一時興到語耳，非其至者也。如曰『一繫』，曰『兩開』，曰『還泛泛』，曰『故飛飛』；習氣大重，毫無意義。即如韓昌黎之『蔓涎角出縮，樹啄頭敲鏗』；此與《一夕話》之『蛙翻白出闊，蚓死紫之長』何殊？今人將此學韓、杜，便入魔障。有學究言：『人能行《論語》一句，便是聖人。』有紈袴子弟笑曰：『我已力行三句，恐未是聖人。』問之，乃『食不厭精，膾不厭細，狐貉之厚以居』也。聞者大笑。」（《袁枚全集》，第參冊，頁二三七）此外，明末西湖漁隱主人撰《歡喜冤家》（又名《貪歡報》）小說第七回、清代汪景祺《西征隨筆》等皆用其事。

一・一六

《定勢篇》：「文反正為乏。」「乏」字，王更生作「支」，但未註明用什麼版本。【註】

【註】按：王更生《文心雕龍讀本》，於《定勢第十三》，原文作「文反正為支」，唯未見所據，該書註四二云：「文指行文措辭言，反正為支，就是說行文措辭的方式，一旦與常態相反，就會顯得支離破碎。」原文與註文分見該書頁六四、六九。

一・一七

「新」、「訛」的標準……等【註】，很多可以研究。

【註】這指《通變篇》「宋初訛而新。從質及訛，彌近彌澹」中的「新」與「訛」（范註《文心》，頁五二〇；《奧秘》，頁一六二～一六三）。

一・一八

「文辭氣力，通變則久」（《通變篇》語：范註《文心》，頁五一九；《奧秘》，頁一六一），「文辭」是指語言問題，是公共的；「氣力」是指作家問題，是個別的。

一・一九

「凡詩賦書記，名理相因，此有常之體也；文辭氣力，通變則久，此無方之數也。」（《通變篇》語：范註《文心》，頁五一九；《奧秘》，頁一六一）這段話將一般語言和藝術語言混合地說；「詩賦」是藝術語言，「書記」是一般語言。

一・二〇

「通變無方，數必酌於新聲」（《通變篇》語：范註《文心》，頁五一九；《奧祕》，頁一六一）——「新聲」包括了聲音與語言的意義；「酌」指選擇地去使用。

第二講

❖本篇重點在《文心雕龍・神思篇》；講授時間為一九八四年十一月二十八日，乃夢鷗師評學生《神思篇的兩個主要論點——虛靜論與形象思維論》報告所論。

二・一

劉勰說的「虛靜」是就「研閱以窮照」說的，「虛」恐怕不是空虛之虛，而是幾近於「無我」，否則就是出自主觀的認定，就不正確了。虛靜則是寫作時不要感情衝動，其完全是指寫文章的「陶鈞」——不要太主觀、太感情衝動。（如果）「無」即空白，那麼，腦筋還有什麼文章？所以不能以老子的「無」、「虛靜」去解釋。「神思方運……」（一段）皆講「有」，而非講「無」。「靜」就是讓情緒不激動。

二・二

劉勰說的「志」、「氣」，志就是「心之所之」【註一】，相當於今天所說的「意向」，《樂記》所謂：「物至知知，然後好惡形焉。」【註二】氣指個性，是特殊的，而非人人一樣的——此即「秉氣不齊」。言「志」、「氣」，則須這兩者相互作用，這兩個字即發動了「神思」。

【註一】以「心之所之」闡釋「志」字，乃古代習見的訓解方式，如：朱熹註解《論語・里仁篇》「苟志於仁矣」一語，即言：「志者，心之所之也。」（見《論語集注》，頁二〇）朱氏註解《孟子・公孫丑上》亦嘗用是解（見《孟子集注》，頁三八），《朱子語類》中亦常見用它來定義「志」字。

【註二】《禮記・樂記》相關的整段文字是：「人生而靜，天之性也；感於物而動，性之欲也。物至知知，然後好惡形焉。好惡無節於內，知誘於外，不能反躬，天理滅矣。夫物之感人無窮，而人之好惡無節，則是物至而人化物也。人化物也者，滅天理而窮人欲者也。於是有悖逆詐為之心，有淫泆作亂之事。」（見《毛詩正義》，頁六六八）。

二・三

《神思篇》說：「然後使玄解之宰，尋聲律而定墨；獨照之匠，闚意象而運斤。」（范註《文心》，頁四九三；《奧秘》，頁一四〇）「玄解之宰」是「神」，「尋聲律而定墨」中的「聲律」是比喻的字，指內在的語言——心語，「闚意象而運斤」指進行構造過程的情形。「意象」

靠內心語言來構造，將一個一個意象結合起來，這就靠「獨照之匠」。「玄解之宰」即指「志」；「獨照之匠」即指「氣」。

二・四

語言不能十分符合「玄解之宰」所得的意象，所以「半折心始」。

二・五

寫作時，上一句能夠造意象，下一句能修改那個意象。艾略特〔Thomas Stearns Eliot，1888-1965〕說過，他寫詩時，一方面是詩人，同時是批評家【註】。

【註】 夢鷗師云：「……托爾斯泰竟謂：『作家必須是兩種人：是作者而兼批評者。』艾略特則說的更為透徹，他說：『在著作自己作品的時候，作者的大部分工作可說是批評的工作，是精

選、組合、建造、刪削、改進和試驗的工作。這種極大的勞動是創作，也是批評。』但是這批評（創作）的運作過程，有的是依循舊有的權威批評所提挈的原則，使他的創作更接近於傳統的表現方法；但也有因權威批評而引起的反動，使他的創作，處處為著避免或要突破那傳統的表現法，而自成超越時代的作品。不過這裡所謂『超越』，有時會帶給未來的作家以若干新的啟示，但多數的『超越』都不過是反當代的，如同陳子昂之欲超越初唐的傳統，跳過齊梁而直接於魏漢的詩風；韓愈則欲一反『八代之衰』，而重振周漢時代的表現方法。其實這種超越，只是一時風尚的反動，使他從當時權威的批評中反彈出來。如果嚴格說來，那也是受到已有的批評之影響。因為批評之影響於作家，作家不一定都有正面的響應，同時，也可以有反面的反應。由此可知：文學批評不僅影響作家的自我主觀的批評，因而同時也影響及於作家的創作。」（《文學批評與文人相輕》；《探索》，頁四八～四九）

【互參】五・一二

二・六

《神思篇》談形象思維，不但有創作，而且有批評。作家自己是第一個批評家，所以作家的作品不喜歡別人批評，因為自己已經批評過了。「創作」與「批評」同時在進行，西洋在二十世紀才發現。

二・七

「闚意象而運斤」這一點，劉勰又寫了《鎔裁》、《附會》兩篇去說。

二・八

中國幾個「子」﹝思想家﹞是很麻煩的，如果引了他們的話兒起來是很危險的。

二・九

《文心雕龍》用了很多不同的字，是要避免重複，其實，意思是一樣的。

二・一〇

《神思篇》中，重要的是講「思」字。其中，「虛靜」的問題比「形象思維」小得多了，前者可以說只是一種「方法」。神思即文思，講如何構造一篇文章。

二・一一

很少有批評是相同的言——如《歷代詩話》中對詩的看法，所以討論的標準無法嚴格，其舉證的時候很難判斷；說得頭頭是道，蠻熱鬧，也蠻好看。

【互參】五・一四；五・一六；一二・四；一三・六。

二・一二

批評史並不是要對作品做價值判斷，而是要探討作品為什麼在某個時代起、某個時代落的現象。

二・一三

古代能傳下來的作品，大概多多少少都能「及格」。

二・一四

就獲得的評價而言，李白的詩似乎沒有杜詩來得穩。

二・一五

文章作品中的一個不變價值是不是就在「宗經」呢？這值得思考。劉勰第一是「宗文」，再來才是「宗經」【註一】，他引述的人名，第一名是揚雄，孔老夫子排在七、八名——這（用的）是科學方法，可以證明【註二】。

【註一】夢鷗師云：「由於劉勰以肯定的態度所斤斤計較的新訛，及其在《宗經篇》所揭舉的六義，很明顯的，他不滿意後代用詭異的意思作為話題，用詭異的語式來表達意思，說得既不夠乾脆，甚至於拖泥帶水，說出許多廢話。因此，他主張以經誥的構文方式為榜樣。他把『經』定義為『恆久之至道，不刊之鴻教』，是不可變易的。但他又知道後世之所以不復有『經』，是為著『情變』『文變』的緣故。然則『情』『文』不特又是可變易，而且已經成為變易的事實了。在此又變又不變的定理之間，使他的論說左右馳突，只能回到互相敷衍的調和論上。由是，那恆久之至道與不刊之鴻教，便稍貶值，變為一種公認的常識，或是一種傳統的觀念之意思。換言之，他提出的『矯訛翻淺』的辦法是『還宗經誥』，實際只能看作他要求後世構造文辭，不要超出傳統的觀念，不要脫越傳統的說話方式。這傳統，當然還限於儒家的傳統。合於這條件的，就是他在評文時所常用的『典雅』這個標價的名詞，而且說：『典雅者，鎔式經誥，方軌儒門者也』（《體性》），又說『是以模經為式者，自入典雅之懿』（《定勢》）。究其實，就是指『用字』『措辭』都能有經書中的根據或出典，如果找不到出典根據的，就要走入新訛的路，尤其使用一些超乎常識的出典根據，那就更陷於詭異之境了。」、「《文心雕龍》諸篇，對於文辭之分析，具有遠邁前人之深刻見解；但為著『宗經』『體經』一節，使其理論上發生很大的困難。這或者是為著他受著『易』字三義說的影響，要在矛盾中求統一。然而矛盾律永遠是在變動著的，既承認其變動，就難求其一定，則於『經』乎何有？這是其理論上的大困難之一。」（《文心雕龍質疑》；《探索》，頁二二五～二二七）

【註二】這裡，夢鷗師指的是透過索引去一一統計《文心雕龍》所提及人物的頻率。夢鷗師應下過這個工夫，除本則所述，在《文心雕龍質疑》一文曾語及《文心雕龍》全書用「必」字一百一十一次（殘缺的《隱秀篇》所用不計），用「蓋」字六十次，用「乎」字一百四十次（用表存疑、磋商語氣者八句，其餘少數用作感嘆的語助詞，百分之九十八則用來代替「於」字），茲皆可證（參《探索》，頁二一一）。

【互參】七・九；一四・三。

二・一六

《文心雕龍・神思篇》：「古人云：『形在江海之上，心存魏闕之下。』神思之謂也。文之思也，其神遠矣。故寂然凝慮，思接千載；悄焉動容，視通萬里。吟詠之間，吐納珠玉之聲；眉睫之前，卷舒風雲之色；其思理之致乎！」（范註《文心》，頁四九三；《奧秘》，頁一三七）這段講的是指在吟哦之際，而不是形諸文字以後。「思理之致」，「致」即路，就是思路，這是說「思理」而不是說「文理」。

二・一七

「故思理為妙，神與物遊。神居胸臆，而志氣統其關鍵；物沿耳目，而辭令管其樞機。樞機方通，則物無隱貌；關鍵將塞，則神有遯心。」（范註《文心》，頁四九三；《奧秘》，頁一三七）這裡的「神」、「思」是先天的。「志氣」即是「風」，可參看《風骨篇》。「志」是心之所之、意之所向；「氣」是意向的動力、推動意向者。「神」、「志氣」是人的主體，「神」又是心王、人的靈氣，能和外界接觸的東西。這段談了想像的構造。

二・一八

「積學以儲寶，酌理以富才，研閱以窮照，馴致以繹辭。」（范註《文心》，頁四九三；《奧秘》，頁一四〇）這四句分為兩段意思，上兩句是事前的準備（未作文章之前），就是指語言、邏輯說的；下兩句是臨文之時，這是「辭令管其樞機」的說明。「研閱以窮照」指各方面都看得很周延。「馴致以繹辭」是指依照觀察所得以作出語言符號。

二・一九

「獨照之匠」，「獨照」即獨特的看法。

二・二〇

「夫神思方運，萬途競萌，規矩虛位，刻鏤無形，登山則情滿於山，觀海則意溢於海，我才之多少，將與風雲而並驅矣。方其搦翰，氣倍辭前，暨乎篇成，半折心始。何則？意翻空而易奇，言徵實而難巧也。是以，意授於思，言授於意，密則無際，疏則千里，或理在方寸而求之域表，或義在咫尺而思隔山河。是以秉心養術，無務苦慮；含章司契，不必勞情也。」（范註《文心》，頁四九三～四九四；《奧秘》，頁一三八～一三九）這裡的「規矩」，指心中的文法和文字的文法；「規矩虛位，刻鏤無形」，就是在腦筋中去構造它。「半折心始」的意思，陸機即已提及了。「意授於思，言授於意」，古書中，「授」、「受」兩個字不太有分別。「司契」指所想與所寫能配合得很好。

二・二一

「臨篇綴慮，必有二患：理鬱者苦貧，辭溺者傷亂」（范註《文心》，頁四九四；《奧秘》，頁一四一），「理鬱」就把握不到，「辭溺」則資料太多，泡在裡面出不來，陸機的文章就往往這樣。

二・二二

「若情數詭雜，體變遷貿，拙辭或孕於巧義，庸事或萌於新意，視布於麻，雖云未費，杼軸獻功，煥然乃珍。至於思表纖旨，文外曲致，言所不追，筆固知止。至精而後闡其妙，至變而後通其數，伊摯不能言鼎，輪扁不能語斤，其微矣乎！」（范註《文心》，頁四九五；《奧秘》，頁一四二）六朝不用通俗的字寫文章，劉勰的看法就是針對這個而言，認為文章之妙不在用字的問題，而在結構組織的問題。

二・二三

「馴致以繹辭」的「致」字，周振甫注成「達到」，不是，這個「致」即「理致」之「致」，是指程序。【註】

【註】周振甫在《神思篇》註釋第6中說：「馴致：順著自然醞釀文思。馴，順；致，達到。」(里仁版，頁五一九；中國青年版，頁四四四)

二・二四

「若情數詭雜，體變遷貿，拙辭或孕於巧義，庸事或萌於新意，視布於麻，雖云未費，杼軸獻功，煥然乃珍。」周振甫所註，是增字解經，劉勰原文並沒有「刪」的意思。【註】

【註】周振甫在《神思篇》註釋第21說：「『情數詭雜』從情理方面說，『體變遷貿』從體制方面說。『數』和『變』是互文，變指變化，含有多樣意，數指多樣，含有變化意。情理多樣變化，其中有不正和雜亂的；體制變化多樣，其中有不恰當的。因此需要刪改。就情理說，有新穎的，有庸俗的，要刪去庸事突出新意；就文辭說，有巧妙的，有拙劣的，要刪去拙辭突出巧義。這跟體裁有關，不同的體裁適應不同的內容。遷貿：指改變選擇，在刪改中結合體裁來考慮，使巧義新意突出來……。」(里仁版，頁五二四；中國青年版，頁四四七)這段註語中的幾個「刪」字，夢鷗師認為是硬加上去的，非劉勰文字的本意。

二・二五〔補〕

「如機發矢直，澗曲湍回」【註】，這是要人把握這個比喻來瞭解「勢」的意思，「機」就是推動的力量。這些要配合《神思篇》來理解，構思和表達是兩套的，所以需要「定勢」。

【註】語出《文心雕龍・定勢篇》，整句話是：「勢者，乘利而為制也。如機發矢直，澗曲湍回，自然之趣也。」（范註《文心》，頁五二九～五三〇；《奧秘》，頁一五八）

第三講

❖本篇乃通論《文心雕龍》；講授時間為一九八三年十二月十四日，夢鷗師受簡宗梧老師之請，至碩士班「中國文學批評史」課程評介《文心雕龍》。又，夢鷗師課後並推薦學生取讀《藝術的故事》（The story of art,E.H. GOMBRICH著，雨云譯，臺北：聯經出版事業公司，一九九七）。

三・一

文學不能離開語言文字，〔中國和外國的語言文字〕系統不同，所以外國的批評方式未必適合我國的文學作品，而且翻譯的時候，「意思」與「意義」很難兼顧。《文心雕龍》則是道道地地的中國作品——無論方法、資料、構想。《文心雕龍》五十篇，三萬七千多字，討論這本書的則有六、七百萬字。

三・二

盧照鄰《南陽公集序》是對《文學雕龍》最早的文學批評，上頭說：「近日劉勰《文心》、鍾嶸《詩評》，異議風起，高談不息。人慚西氏，空論拾翠之容；質謝南金，徒辯荊蓬之妙。拔十得五，雖曰肩隨；聞一知二，猶為臆說……。」【註】盧照鄰說劉勰沒有寫什麼文學作品，怎麼知道如何批評？這代表作家對批評的意見，唐初四傑都很輕佻。

【註】其於「猶為臆說」後並謂：「俞曰未可，人稱屢中。化魯成魚，曷云其遠！」（《盧照鄰集箋注》，頁三三一）

三・三

十代文學到劉勰時，所剩不全。《文心雕龍》包羅很廣，包括《書記》等，但是不得已，只得做抽樣討論，其抽樣大致有七成代表「文選集團」的作品標準——齊、梁時代的標準，他所提的是以士大夫階層為主。

三・四

文學批評就長久而言，多少是公道的，這是一種時代的驗證。

三・五

《序志篇》：「詳觀近代之論文者多矣：至於魏文述《典》，陳思序《書》，應瑒《文論》，陸機《文賦》，仲治《流別》，弘範《翰林》，各照隅隙，鮮觀衢路；或臧否當時之才，或銓品前修之文，或泛舉雅俗之旨，或撮題篇章之意。魏《典》密而不周，陳《書》辯而無當，應《論》華而疏略，陸《賦》巧而碎亂，《流別》精而少功，《翰林》淺而寡要。又，君山、公幹之徒，吉甫、士龍之輩，汎議文意，往往間出，並未能振葉以尋根，觀瀾而索源。不述先哲之誥，無益後生之慮。」（范註《文心》，頁七二六；《奧秘》，頁一二）關於文學評論的書，劉勰都看了，而且有所批評，他要做全面的評論，劉勰《文心雕龍》這本書前有所承，而又有自己的修正意見。

三・六

劉勰在《文心雕龍》的編製上，很費思考：

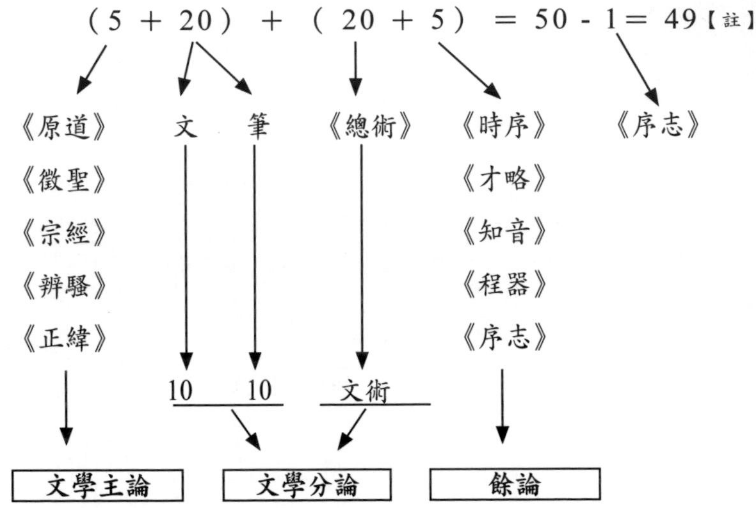
(5 + 20) + (20 + 5) = 50 - 1 = 49【註】
《原道》
《徵聖》
《宗經》
《辨騷》
《正緯》
文
筆
《總術》
《時序》
《才略》
《知音》
《程器》
《序志》
《序志》
10
10
文術
文學主論
文學分論
餘論

【註】夢鷗師云：「〔《文心雕龍》〕分為前後兩部分：前一部分有文章本論五篇，文體分論二十篇；後一部分，論『文』之與『心』以及『雕龍』之術二十篇；餘論五篇。除餘論外，其篇名始於『原道』而終於『總術』，可說是有本有末，有道有術；文心原於『道』而雕龍是其『術』。又使用大衍之數五十，其用四十九為例，所以四十九篇用以論『文』，而歸餘一篇『序志』為自敘；這樣的篇目設計，又不能不說是純出於中國的觀念。」（《奧秘》，頁七）夢鷗師認為《文心雕龍》的篇目設計「純出於中國的觀念」，但其內容的論述方式，夢鷗師在課堂裡則表示當與劉勰曾於定林寺協助整理經藏目錄的經驗有關，所以極為嚴整，在古書中是最有邏輯的。

【互參】一二・二八；一二・二九。

三・七

《時序》、《才略》、《知音》、《程器》四篇不是討論文學，而是與文學有關的東西——《時序》是文學史的簡編；《才略》是作家才能的評定；《知音》討論讀者問題；《程器》談對文人的期望。周振甫視之為「餘論」【註】，對的。

【註】

按：周振甫《文心雕龍注釋》一書似未直接表示這幾篇是「餘論」，不過，在該書「前言」中，他分析了《文心雕龍》的體系，分成四部分：一、「文之樞紐」；二、「論文敘筆」；三、「剖情析采」；四、「文學史和文學評論」。至於「長懷序志」的《序志篇》乃在說明著述之原委，可以獨立，而並不處於全書主體當中。所以周振甫在這一節起始時，說：「劉勰在《序志》裡把全書分為五部分。」在後面的解說裡，則僅僅談四個部分。他的完整敘述詳該書（里仁版，頁二三～二九；中國青年版，頁二四～二九）。其中，歸入「文學史和文學評論」的即《時序》、《才略》、《知音》、《程器》四篇，置於《文心雕龍》主體結構之末。當是緣此而夢鷗師即視這部分為「餘論」。餘論，夢鷗師亦以「後論」稱之。四篇之外，《序志》歸不歸入其中皆可，歸入則此末五篇與書首五篇本論整齊而相映；以劉勰又藉「彰乎大易之數」為說，則四十九篇後，《序志》因性質特殊而獨立。總之，夢鷗師謂：「因這些關係的說明皆非直接於『文』於『心』，故只可視為『餘論』，而與上半部的『本論』，一首一尾，遙相呼應。」（《奧秘》，頁一三三；又，餘論之說，並見同書，頁一三一、二〇九、二三〇、二三一等）

三・八

《文心雕龍》的「文心」談文藝心理，「雕龍」談寫作技術——修辭、文法。書中很多是「昭明集團」的公共看法、士大夫階層的看法——可以參考《文選・序》有關「文思」、「翰藻」之說【註一】。又，比如：《文心雕龍》一字不提陶淵明，大概認為欠乎「雕龍」、太「質」，這可以參考《詩品》之說【註二】；再如：書中不提葛洪，但深受他的影響，這應該是關乎信仰問題，一佛、一道，不相為謀，劉勰寫過《滅惑論》，「惑」即是指「道教」，文中把葛洪的祖父葛玄罵得狗血淋頭【註三】。

【註一】《文選・序》：「事出於沈思，義歸乎翰藻。」（《文選》，頁二）

【註二】鍾嶸《詩品》列陶潛詩為中品，並謂：「其源出於應璩，又協左思風力。文體省淨，殆無長語。篤意真古，辭興婉愜。每觀其文，想其人德。世歎其質直。至如『歡言醉春酒』、『日暮天無雲』，風華清靡，豈直為田家語耶？古今隱逸詩人之宗也。」（《詩品注》，頁四一）夢鷗師云：「（陶潛）以生在雕飾的文風盛行時代，故『世歎其質直』。劉勰論詩竟不及陶氏，鍾嶸品評亦置之中品。算是昭明太子較具眼力。他搜校陶氏文集，並為之序謂『尚想其德，恨不同時。』……。」（《發展》，頁九〇）依此，對陶詩的看法，劉勰與「昭明集團」的見解則有出入。

【註三】夢鷗師云：「他〔劉勰〕對於葛洪，似乎不懷好感，甚至在寫《滅惑論》時竟指葛洪的先人為『葛玄野豎』；而且在這長長的五十篇中沒有提到葛洪一字。如果這不是為著佛教道教的信仰不同，亦許與他不提詩人陶淵明一樣，在文章欣賞的態度有所差異。葛洪鄙薄經典之文，而陶淵明只寫淳樸的詩，二者過與不及，便俱不中於他的意。」（《奧秘》，頁一六五）又云：「比他〔劉勰〕的時代稍前的葛洪，曾發表過文章『古不如今』的意見，甚至直斥詩書經文為『闇陌拙詩，軍旅鞫誓，詞鄙喻陋』，而劉勰卻未曾受到這思想的一點影響。今觀《文心雕龍》全書，雖然在修辭的習慣上，對於繁縟的文體之辯護上，與葛洪有其共同之處，唯是對於尊經重古的意見，則不相侔。而且劉氏全書未提及葛洪及其著作，這如果不是因『仙』『佛』的旨趣不同，則當由於劉氏未嘗看到《抱朴子》的著書，所以在求為簡易的文德上的理想亦即各自為說了。」（《劉勰宗經六義試詮》；《探索》，頁一九八）夢鷗師此文引語，見葛洪《抱朴子・尚博》，原文是：「闇陌之拙詩，軍旅之鞫誓，或詞鄙喻陋，簡不盈十，猶見撰錄。」（頁一五七）

【互參】一二・二六；一三・九；一三・一五。

三・九

洋人對文學思想與語言的問題感興趣，自《神思》以下，談的就是這方面的東西，人同此心，心同此理，洋人尤其喜歡研究《神思》。《體性》則講語言與個性。《麗辭》談修辭，也提到了原理，說：「造化賦形，支體必雙。」、「高下相須，自然成對。」（范註《文心》，頁五八八）齊、梁駢偶之文與後代四六文不太一樣。《練字》則談中國字字形的變化，字不同，所以造句的結構不一——劉勰沒說出來，但他已看出了它的關鍵性。魏晉以後，由「字」發展到「詞」，韓文公說周公以下其說長【註】。對後代文學發展，影響甚大，人多半在用語言思考，這可說是「文家的哲學」。劉勰是「思想與語言的合一論者」，《文心雕龍》說：「心生而言立，言立而文明。」（語見《文心雕龍・原道篇》：范註《文心》，頁一；《奧秘》，頁一八）兩段話就是兩道手法。

【註】 韓愈《原道》上的話，原句是：「由周公而上，上而為君，故其事行；由周公而下，下而為臣，故其說長。」（《韓昌黎文集校注》，頁一八）

【互參】 五・一三；七・一七；一二・一二；一三・四。

三・一〇

「學有淺深，習有雅鄭。」（語見《體性篇》：范註《文心》，頁五〇五；《奧秘》，頁一四九）「鄭」就是指「俗」，劉勰要人避免「鄭腔」。文字本身就是傳統的包袱，他對於創新、守舊，有八個字——「望今制奇，參古定法」（語見《通變篇》：范註《文心》，頁五二一），既保持傳統，又談創新。

三・一一〔補〕

《文心雕龍・才略篇》：「劉向之奏議，旨切而調緩。」（范註《文心》，頁六九九；《奧秘》，頁二四二）這裡的「劉向」不對，應該是「劉陶」，即《誄碑篇》中的劉陶。【註】

【註】《文心雕龍・誄碑篇》：「至如崔駰誄趙，劉陶誄黃，並得憲章，工在簡要。」（范註《文心》，頁二一三）夢鷗師云：「《劉陶傳》見《後漢書》卷八十七。靈帝中平二年（一八五）

疏陳要急八事，范史節略其原文為『大較言天下大亂，皆由宦官，』遂為宦官所害。按范史節略其文，疑即因其旨切調緩之故。」（《奧秘》，頁二四五）至於誤劉陶為劉向之原委，夢鷗師在《誤書——為〈文心雕龍〉舉一例》以及《讀〈文心雕龍〉的〈定勢篇〉》二文中，皆嘗辨及，可以參閱（《論衡》，頁五一～五五、頁六二～六三）。

第四講

❖本篇重點在《文心雕龍》的《體性》、《程器》兩篇；講授時間為一九八五年四月二十六日，乃夢鷗師評學生《劉勰論作家與漢末魏晉人倫識鑒的因緣》報告所論。

四・一

同一意象可以有若干的說法，這是「變換律」。

四・二

《文心雕龍．體性篇》說：「才力居中，肇自血氣，氣以實志，志以定言，吐納英華，莫非情性。」（范註《文心》，頁五〇六）這個過程中，就決定了作品的風格。

四・三

瞭解作家很重要，瞭解應該從他所接觸的資料著手，因為文章是藉由語言文字表達，而這又有很大的模仿性——這個模仿未必是有意的。

四・四

文辭的選擇本身就已不一樣，這與作家過去修養、習慣與臨時的刺激都有關係，這影響了「風格」。我們可以從修辭方法去尋找其文章風格。

四・五

人格是就某人的大體說的，多重人格則無人格，風格牽涉了文章的文字和思想。

四・六

劉勰所批評品行不端的文人，其多半由貧窮而引起，因此有「為文而造情」的——為了吃飯。他已看出文人的悲哀，這在《程器篇》可以看得清楚。

四・七

劉勰寫《文心雕龍》是在廟裡，而心在都市，任官時，他的老闆是蕭統，後來失望，所以遁入空門。

【互參】一二・二三；一三・一四。

四・八

《文心雕龍．程器篇》：「文武之術，左右惟宜。郤縠敦書，故舉為元帥，豈以好文而不練武哉！孫武兵經，辭如珠玉，豈以習武而不曉文也？是以君子藏器，待時而動，發揮事業，固宜蓄素以弸中，散采以彪外，楩柟其質，豫章其幹，摛文必在緯軍國，負重必在任棟梁，窮則獨善以垂文，達則奉時以騁績，若此文人，應梓材之士矣。」（范註《文心》，頁七二〇）劉勰寫這段話，已是想做官了。他在同篇中說：「古之將相，疵咎實多。至如管仲之盜竊，吳起之貪淫，陳平之污點，絳灌之讒嫉，沿茲以下，不可勝數。孔光負衡據鼎，而仄媚董賢，況班馬之賤職，潘岳之下位哉！王戎開國上秩，而鬻官囂俗；況馬杜之磬懸，丁路之貧薄哉！然子夏無虧於名儒，濬沖不塵乎竹林者，名崇而譏減也。若夫屈賈之忠貞，鄒枚之機覺，黃香之淳孝，徐幹之沉默，豈曰文士，必其玷歟！」（范註《文心》，頁七一九）與《才略》批評二曹的說法相反【註】。

【註】《文心雕龍．才略篇》：「魏文之才，洋洋清綺，舊談抑之，謂去植千里。然子建思捷而才儁，詩麗而表逸；子桓慮詳而力緩，故不競於先鳴。而樂府清越，《典論》辯要，迭用短長，亦無懵焉。但俗情抑揚，雷同一響，遂令文帝以位尊減才，思王以勢窘益價，未為篤論也。」（范註《文心》，頁七〇〇；《奧秘》，頁二四五～二四六）

四．九

佛教說的「第八識」是阿賴耶識，又稱「藏識」，所有種籽都藏在這裡。某個民族長久以來所積的生活經驗因此有了一種分別，此為「造業」而來，囤積在八識——這實際是虛空的，人的一切分別產生於此。這近於西洋的「我思故我在」，識假則我空，這在現代社會中，這仍然有一些牢不可破的地方。腦很難去研究，因為限於它的工具——語言。

【互參】六・一〇；一二・一〇；一二・二〇；一二・三四；一三・一；一三・八。

第五講

❖本篇重點在《文心雕龍・體性篇》；講授時間為一九八五年五月九日，乃夢鷗師評學生《由〈體性篇〉來看劉勰的風格論》所論。

五・一

風格的定義非常難說，idea有什麼風格可言！意識型態也沒有風格可言。

五・二

做人的風度——表現在外的、有風格，但在心中沒表現出來的就無所謂風格。

五・三

風格有大有小，就是全部和零碎的部分。

五・四

劉勰講「八體」【註一】。八體輻輳，忽然這樣，忽然那樣，寫出以後，這究竟應該算哪種風格？所以劉勰的意思不是這樣，而是某文章屬於某類，它就屬於哪種風格。這和曹丕、陸機的觀念接近，如：「奏議宜雅」、「詩賦欲麗」【註二】，這就是批評、審查的標準。劉勰是站在「語文」的立場來說它的，某一類的文章要有某方面的風格。

【註一】《文心雕龍・體性》所說的「八體」，是：「典雅」、「遠奧」、「精約」、「顯附」、「繁縟」、「壯麗」、「新奇」、「輕靡」（范註《文心》，頁五〇五；《奧秘》，頁一五〇）。夢鷗師云：「我國較前輩的批評家，有的很籠統地把這種隱寓於作品背後（實際是在讀者心目中）的風格稱為『氣』，他說『引氣不齊，巧拙有素，雖在父兄，不能以移子弟。』這已表明『風格』即是『人格』，各是各的，絕不一樣。後來又籠統稱為『體性』，說這體性是『各師成心，其異如面。若總其歸塗，則數窮八體……。』這裡，把那表現於作品上的風格列為八種，若使風格就是人格（所謂「成心」），那豈不等於區別人格為八種？我們認為這種分類該受一元論者的指責：第一、文學作品既是隨感而興，所以每一個作品都只能代表作者『一時』的即興，我們不能以偏概全，亦即不能因某作家寫過我們覺得『典雅』的文章便以為出於典雅的人格……；第二、作品的風格是否『數窮八體』？也是極可疑的武斷。因為做這分類者，在區分八體之後，又把它合為正反之四類；而這四類八體，後人又或增之為十八，為二十四種；更到後來，或增廣，或縮編，真個是分合無常，近似兒戲。」（《實踐》，頁三二〇～三二一）

【註二】曹丕《典論・論文》云：「夫文本同而末異，蓋奏議宜雅，書論宜理，銘誄尚實，詩賦欲麗。」（《文選》，頁七二〇）陸機《文賦》云：「詩緣情而綺靡，賦體物而瀏亮。碑披文以相質，誄纏綿而悽愴。銘博約而溫潤，箴頓挫而清壯。頌優遊以彬蔚，論精微而朗暢。奏平徹以閑雅，說煒曄而譎誑。」（《文選》，頁二四一）又，夢鷗師云：「劉勰把那不一樣的個性表現於文章上的稱為『體性』。這體性，從任何角度說來，都正似曹丕說的『氣』與『體』。氣是文章看不見的體，而體則是文章上看得見的氣。曹丕《論文》，先說『體』而後說『氣』，是解釋那體所以形成的理由；劉勰先說『性』而後說『體』，是證明體所以成立的根據。」夢鷗師並認為：「曹丕《論文》用辭雖簡，而他的意見卻已籠罩了劉勰而有餘。」（《試論曹丕怎樣發見文氣》；《探索》，頁七九）這段話中，夢鷗師言及的曹、劉原文，分別是：「文以氣為主，氣之清濁有體，不可力強而致。譬諸音樂，曲度雖均，節奏同檢，至於引氣不齊，巧拙有素，雖在父兄，不能以移子弟。」（《典論論文》；《文選》，頁七二〇）「夫情動而言形，理發而文見，蓋沿隱以至顯，因內而符外者也。然才有庸俊，氣有剛柔，學有淺深，習有雅鄭，並情性所鑠，陶染所凝，是以筆區雲譎，文苑波詭矣。故辭理庸俊，莫能翻其才；風趣剛柔，寧或改其氣；事義淺深，未聞乖其學；體式雅鄭，鮮有反其習。各師成心，其異如面。」見《文心雕龍・體性篇》（范註《文心》，頁五〇五；《奧秘》，頁一四九）。

五・五

才性很難去說，學習就容易說，學習必然是朝性之所近。

五・六

文章成立，作者就死掉了。與讀者相見的，只有作品。

五・七

劉勰自己的文章多半用的是典重的字，確實是六朝文，很美麗！但和其他六朝文不同，就是很「典重」。有人說他常用同一個句子，但他斟酌得是很恰當的，也就是認為在某個地方一定要用某個句子。

五・八

「八體」中有優劣之分，如：「輕靡」就比較劣。

五・九

劉勰認為輕鬆的文章，不必勸人去讀；典肅的文章，就得勸人去看。大家都喜歡寫美的文章，不喜歡寫典雅的文章，所以接近「豔」而不接近「典雅」。要學習典雅的文章，就不能不讀經誥之文——這要適合個人的性情。

五・一〇

鍾嶸說他的《詩品》只是談笑的東西【註一】，很對，因為如果都正正經經的，就沒有詩了。詩就是破邏輯、反邏輯的東西，所以今天許多詩人寫起學術文章不合邏輯、難以精密，可能其中有幾個警句，但都不能全其首尾、頭頭是道【註二】。

【註一】鍾嶸在《詩品》自道：「嶸之今錄，庶周旋於閭里，均之於談笑耳。」（《詩品注》，頁二）

【註二】夢鷗師云：「同屬文人職務而有文與學之分，依當時史家將儒林與文苑分列的情形看來，他們不但對二者各有不同的敘論，而且著錄下來的，這兩方面人物的著作，也各顯其有偏至獨到的地方。學者務求言必有實，包括實在的實與實用的實；文人的作品，雖也求其實用之實，但那實用卻偏向娛耳悅目的趨向，在手段上便不能兼顧其實在與否了……。」（《關於左思三都賦的兩首序》；《探索》，頁九五）語中所述，固針對古代狀況而發，至今似仍適用。從理論上說，文學創作與學術研究於同一人亦未必不能兼顧，但兩者本質迥異，甚至背反；兼顧而有成者，必定深明其取徑之異，能因地（領域）制宜而有不同的發揮。

【互參】一二・三；一三・七；一四・一。

五・一一

有關審美的分類是沒有邊的，皎然十九體、司空圖二十四體【註】，都只能求其大體，無法太精細。

【註】皎然《詩式》針對詩所分的十九體為：「高」、「逸」、「貞」、「忠」、「節」、

「志」、「氣」、「情」、「思」、「德」、「誠」、「閑」、「達」、「悲」、「怨」、「意」、「力」、「靜」、「遠」（《詩式校注》，頁五三～五四）；司空圖《詩品》中提出的二十四品是：「雄渾」、「沖淡」、「纖穠」、「沈著」、「高古」、「典雅」、「洗煉」、「勁健」、「綺麗」、「自然」、「含蓄」、「豪放」、「精神」、「縝密」、「疏野」、「清奇」、「委曲」、「實境」、「悲慨」、「形容」、「超詣」、「飄逸」、「曠達」、「流動」（《詩品通釋》，頁一九八九）。

五・一二

陸機《文賦》完全站在作者方面，是作者的「寫作經驗談」，曹丕則不太涉及這方面。【註】

【註】夢鷗師云：「最早，陸機在《文賦》中描述自己的寫作經驗，他說『考殿最於錙銖，定去留於毫芒。苟銓衡之所裁，固應繩其必當。』這裡所謂『銓衡』，就是自我對自己作品所施的批評，也就是自己的作品尚未正式成立以前的文學批評。陸機、李頻、盧廷讓，都是作家，唯有作家能有這樣的創作經驗。」（《文學批評與文人相輕》；《探索》，頁四八）又：「在一般文

學批評史上所列魏晉時文評的資料，《文賦》與《典論論文》，主要的論旨有所不同。曹丕的《論文》是偏向文學欣賞者的立場說話；尤其因他的身分特殊，幾乎是站在尊長的地位來指派文學與文學家該當如何如何；不像《文賦》之以一個作家在吐露其寫作經驗，敘述個中甘苦酸鹹以及其在閱讀時所觸到的文章表現的效果……。不僅陸機的作風一直籠罩及於齊梁，就連他論文的緒論也啟發了齊梁人對於文章本質的分解，而為劉勰暢論文『心』導其先河。《文賦・序》言：『余每觀才士之所作，竊有以得其用心。』又說『每自屬文，尤見其情；恆患意不稱物，文不逮意。』這裡可注意的，他討論寫作的用心，一面固然是從別人的作品上揣摩而得，但另一面卻是從自己寫作中體驗得到的。這種出自作家自己寫作的經驗談，所以特別重視『文』與『意』的關係，而與曹丕之出自欣賞者的主觀判斷，專重那文與『氣』的效果便也截然不同。如果說《文賦》寫的是作家的寫作經驗，則曹丕所陳述的只是讀者的印象批評。」（《陸機文賦所代表的文學觀念》；《探索》，頁一〇七）

【五參】二・五。

五．一三

劉勰說的「自然」之道中，已含有「學習」【註一】。「心生而言立」，看似簡單，但其間有極其複雜的過程，並不簡單【註二】。字、句、段都需要選擇、安排，為什麼某個概念用某個詞、某個字來表達，不用其他的？這就有極其複雜的、牽涉學習、習慣的因素。老師改學生卷子，如：前後倒換……，改完之後，就不是學生的風格，而是老師的風格。

【註一】《文心雕龍．體性篇》：「若夫八體屢遷，功以學成，才力居中，肇自血氣；氣以實志，志以定言，吐納英華，莫非情性。是以賈生俊發，故文潔而體清；長卿傲誕，故理侈而辭溢；子雲沈寂，故志隱而味深；子政簡易，故趣昭而事博；孟堅雅懿，故裁密而思靡；平子淹通，故慮周而藻密；仲宣躁銳，故穎出而才果；公幹氣褊，故言壯而情駭；嗣宗俶儻，故響逸而調遠；叔夜 俠，故興高而采烈；安仁輕敏，故鋒發而韻流；士衡矜重，故情繁而辭隱。觸類以推，表裡必符，豈非自然之恆資，才氣之大略哉！」（范註《文心》，頁五〇六）夢鷗師此所謂「自然」者，乃針對這裡的「自然之恆資」而發。

【註二】夢鷗師指出劉勰堅信語言與心靈不可分，而「這種表示，雖然早已發自經典的遺訓，算不得是他的創見或發明；但是，他獨能特別注意這種關係，而從語言學的觀點來發揮他對於『文』的看法，使他的意見不但邁越了前人，而且還為後世文評家所追蹤莫及的，這就不能不稱為他的卓識了。」（《劉勰論文的特殊見解》；《探索》，頁一六二）「心」與「言」的細密分析，亦可參考該文（頁一六一～一七〇）。

【互參】三・九；七・一七；一二・一二；一三・二。

五・一四

看歷代詩話，往往某詩兩句，一個人極喜歡，認為好得不得了；另一人認為整首詩都好，就這兩句最糟，可見這當中就有批評者的關係。如：王若虛批評黃山谷，幾乎對黃山谷沒有一句好話，認為黃山谷的作品輕靡，而王若虛喜歡的是典雅的【註一】。再如：黃山谷批評白居易「笙歌歸院落，燈火下樓台」，是叫花子的窮酸相，是隔牆看別人的富貴，不是自己的高貴相【註二】。

【註一】夢鷗師曾云：「有人說，作家是創造，而欣賞也是一種創造。亦即：『作者得於心』是一創造；而『讀者會以意』也是一種創造。既然，想像的情形如此，則透過欣賞者的創造過程而後引致主觀的批評意見，便也無法使之勉強相同了。這裡不相同的，有大部分是各個人的經驗問題。凡作品表示的意象能得到個人某種經驗上的契合，多少便有入神的感應，雖然那用以契合的經驗，未必就是作者的原經驗。因此能發生想像上的『誤會』的滿足，亦能發生想像上『誤會』的不滿足。」並舉例：「黃庭堅題山水畫的詩云：『欲放扁舟歸去，主人云是丹青。』而王若虛卻說，若使主人不云是『丹青』，難道真要放舟歸去嗎？其實這詩意本甚平凡，只是要誇張那山水畫得太活了，有如杜甫看畫的詩云：『沱水來中座，岷山到北堂。』如果信以為真，豈不是『痴人前說不得夢』了？」夢鷗師並揭所據《滹南詩話》原文：「詩人之語，詭譎寄意，固無不可，然至于太過，亦其病也。山谷《題惠崇畫圖》云：『欲放扁舟歸去，主人云是丹青』。使主人不告，當遂不知？」又云：「《竹莊詩話》載法具一聯云：『平（又作「半」）生客裡無窮恨，告訴梅花說到明。』不知何消得如此？」夢鷗師謂這些例子皆「以隱喻當實情，而加以常識的判斷」（《實踐》，頁一八〇）。王若虛《滹南詩話》曾謂：「山谷之詩，有奇而無妙，有斬絕而無橫放，鋪張學問以為富，點化陳腐以為新，而渾然天成，如肺肝流出者，不足也。」其批評山谷詩處猶多，可參《歷代詩話續編》所收（上冊，頁五一八～五二四）。

【註二】夢鷗師云：「克羅齊反對意境之可以詳細分類，就為著我們所加於意境上的各種名詞或形容詞，都不能實際代表那抽象的意境，這是真實的。例如晏殊激賞白居易的『笙歌歸院落，燈火下樓台』，說這詩句『能道富貴之感』；亦即它能代表某種意境。但是陳后山與黃山谷卻非常不欣賞，而說它『只是看人富貴語』。由於這種主觀目的性關係，似乎假象感情是無法分類，只好讓作者、說話者去隨宜相應了。然而不然，及如克羅齊不贊成分類，而亦不能否認主觀上實有不同的意境在。例如我們讀到李白的『長干行』和岑參的『白雪歌』，不僅二者材料不同，而實際上，二者所構成的主觀的意境絕不是一樣的。」（《美學》，頁一九二）晏殊激賞白居易詩，事出歐陽修《歸田錄》，其載：「晏元獻公喜評詩，嘗曰：『「老覺腰金重，慵便枕玉涼」未是富貴語，不如「笙歌歸院落，燈火下樓台」，此善言富貴者也。』人皆以為知言。」（《歸田錄》，頁二一）張邦基《墨莊漫錄》亦云：「往在洛時，嘗見謝希深，誦曰：『縣古槐根出，官清馬骨高。』希深曰：『清苦之意在言外，而見於言中。』，又見晏丞相常愛『笙歌歸院落，燈火下樓臺』。晏公曰：『世傳寇萊公云：「老覺腰金重，慵便枕玉涼」，以為富貴，此特窮相者耳。能道富貴之盛，則莫如前句。』亦與希深所評者類耳。二公皆有情味而喜為篇詠者，其論如此。」（《墨莊漫錄》，頁二三二）黃山谷批評白居易云云，出自陳師道的《後山詩話》（《宋詩話全編》，第貳冊，頁一〇一七）。「笙歌歸別院，燈火下樓台」出自白居易五言律詩《宴散》，原詩云：「小宴追涼散，平橋步月回，笙歌歸院落，燈火下樓臺。殘暑蟬催盡，新秋雁帶（一作戴）來，將何迎睡興，臨臥舉殘桮。」（《全唐詩》，下冊，頁一一二八）夢鷗師在《漫談文學欣賞》中並謂：「《后山詩話》載云：黃魯直謂白樂天（之）『笙歌歸院落，燈火下樓台。』不如杜子美云『落花遊絲白日靜，鳴鳩乳燕青春深。』又說：『笙歌歸院落，燈火下樓台。』非富貴語，是看人富貴者也。原來白樂天之所以『不如』杜子美者，是不合於陳后山主觀的理想或觀念中之所謂『富貴語』；然而它未嘗不合於『看富貴者也』；若使我們的理想只要的是『看富貴語』，則白樂天的詩句已經是很合乎我們這個主觀的目的來了，同時亦是很合乎他所欲再現的理想了；而現在是陳后山以另一理想或觀念去欣賞它；這正似他本是送『酒』給你，而你的目的卻要『鵝』；又因自己要鵝而說酒不如鵝，這便是很不公道的了。因他已離開了所欣賞的對象，而用另一對象的目的性來看當前的對象，成為『有所謂』的欣賞態度了。」（《論談》，頁一〇八）按：《後山詩話》以「看人富貴者」批評白居易的詩，其除「笙歌歸別院，燈火下樓台」外，並有「歸來未放笙歌散，畫戟門前蠟燭紅」句，此出於白居易的《夜歸》，全詩曰：「半醉閑行湖岸東，馬鞭敲鐙轡瓏璁，萬株松樹青山上，十裏沙堤明月中。樓角漸移當路影，潮頭欲過滿江風，歸來未放笙歌散，畫戟門開蠟燭紅。」（《全唐詩》，下冊，頁一一〇六）。按：《後山詩話》，一則曰：「白樂天云：『笙歌歸院落，燈火下樓臺。』又云：『歸來未放笙歌散，畫戟門前蠟燭紅。』非富貴語，看人富貴者也。」此是陳師道之見解；一則曰：「黃魯直謂白樂天云『笙歌歸院落，燈火下樓臺』，不如杜子美云『落花遊絲白日靜，鳴鳩乳燕青春深』也。」（《宋詩話全編》，第貳冊，頁一〇一七）這則是陳述黃山谷的看法。唯夢鷗師在

《論談》中綰合二者，以前一則的「非富貴語，看人富貴者也」來解釋後一則黃山谷所以高下杜、白之故；宜否合而觀之，或有疑問。

【五參】二・一一；一二・四；一三・六。

五・一五

「疏瀹五臟，澡雪精神」（語見《神思篇》：范註《文心》，頁四九三；《奧秘》，一四〇），是將心中雜念全部淘空、刷光，再來觀察要寫的東西。

五・一六

許多詩話都是摘句，可見一句就有風格在裡面。一篇也有風格、時代也有風格，如：「楚豔漢侈」【註】。風格有極大的、極小的，因此要分開來看，比如：司馬相如也有「不豔」的文章。

【註】語出《文心雕龍・宗經》：「夫文以行立，行以文傳，四教所先，符采相濟，勵德樹聲，莫不師聖，而建言修辭，鮮克宗經。是以楚艷漢侈，流弊不還，正末歸本，不其懿歟！」（范註《文心》，頁二三二）

【互參】二・一一；六・五；一二・四；一三・六；一四・八。

第六講

❖本篇重點在《文心雕龍》的《正緯》、《辨騷》兩篇；講授時間為一九八七年十月二十八日，乃夢鷗師評學生《由〈正緯〉、〈辨騷〉看文心雕龍的審文尺度》所論。

六・一

寫文章的目的總有偏文、偏質的分別，求實用，則其他廢話少說；求美，則是用來吸引人、令人覺得愉快。

六・二

「文質彬彬」不是劉勰的標準，儒家一向這樣要求。劉勰乃是採取儒家的傳統做為文學追求的標準。【註】

【註】 夢鷗師說：雖然劉勰的目標在於「文質並重」，但「仍兼顧排偶與雕飾，而寫下《情采》，《麗辭》與《夸飾》等篇。且以『造化賦形，支體必雙』；『自天地以降，豫入聲貌，文辭所被，夸飾恆存』為理由，無異於為『妍巧』作辯護。他的理論，不特把握有事實，亦且

契入真理，千載之下，其著作還居於絕後空前的地位」（見《發展》，頁七七）。又：「他（劉勰）雖揭舉『望今制奇，參古定法』八字以調和文質正變的文學語言之體用，但又不能不承認『天地以降，豫入聲貌，文辭所被，誇飾恆存』的事實，所以他自己運用的言辭，也就全在尚『文』的一邊。求為『文質彬彬』，既沒有確然的標準，便變成空洞的理想，在文學批評史上做個文質兩面的撐腰者。」（《古人對「語言」之基本態度》；《探索》，頁一七）

【互參】七・一一。

六・三

劉勰偏於「文」，所以談「夸飾」、「麗辭」，麗辭是講排偶——這也說得太過了。

【互參】七・一一。

六・四

《辨騷》所說的「楚」指「楚辭」，包括宋玉等的、其他的作品。「騷」則指《離騷》。

六・五

散文上加一些排偶的句子，感覺就豔了，這就是指很富麗、很不單調的意思。

【互參】五・一六；一四・八。

六・六

文字上的「自然」，劉勰也主張，但和皎然、鍾嶸說的不同。後代所要求的，指在語文上不造作，字該多少都要把握。文章、心志要把握自然。

六・七

劉勰的《文心雕龍》不談思想，只談文章，仁、孝、情緒……不談，因為他不就心理、思想來寫，所談的只是「文藝美學」。

【互參】一四・三。

六・八

「緯」有什麼好採酌？其實，緯書影響文學是在「隱喻」上，以甲隱乙、以甲象徵乙【註】。此隱喻啟發人從事文學時，不必直寫，可以投射到他物來寫。神話給後代文學的啟發也在此，所以，使感情發揮得更熱烈、更清楚。

【註】這與文學「主觀合目的性原理」有關，夢鷗師云：「主觀合目的性原理者，就是人們往往要用主觀所固有的最妥當的符號意義來適應客觀的符號意義。……這種求適應的活動，就是想像的努力，或稱之為『內模做』的活動。因之，這種活動，可以說是達成主觀的合目的性之『內在的』努力；而這『努力』表現於外的，就是我們常說『甲像乙』，『像』是我們所做的內模做，以『乙』來模擬『甲』，亦即使甲變成『乙』。『乙』本合乎我們主觀目的性，今則使『甲』變乙，亦即使『甲』合乎主觀目的性。例如『碧天如水夜雲輕』，這是我們將主觀所想像的『水』來適應客觀的『碧天』。又如『娉娉嫋嫋十三餘，荳蔻梢頭二月初』，這是我們將主觀想像『二月初的荳蔻』來適應客觀的她。此二例雖有繁簡之差，然不外乎『甲像乙』的原理。故文學修辭上的一切譬喻方法，實即服從這點合目的性原理而產生。」（《美學》，頁一六七～一六八）

【互參】六・八；九・七。

六・九

情采——「情」附於「采」，而不太言「情」，「情」無從言，所以他〔劉勰〕將「情」

附入「文」去說，「情」就在「文」中，讀「文」可以知「情」，所以他力避言「情」，單言「文」。劉勰一到與文章無關的地方便掉頭，絕不多談，所以非常結實、豐富。他也不談太多風格……等等，因為包羅太廣了。

六・一〇〔補〕

「造化賦形，支體必雙，神理為用，事不孤立。夫心生文辭，運裁百慮，高下相須，自然成對。」（語見《麗辭篇》：范註《文心》，頁五八八）這是講對立的原理，意思的兩面都要予以表達。佛經本身是要打破對立的，世界即來自人的分別意識、第六識——這就是佛經所要打破的東西。劉勰作過佛經的提要，必定接觸過〔佛理〕，但當時並沒有深入的「論」，因此，劉勰的二元論似乎不是佛家思想的運用。

【互參】四・九；一二・一〇；一二・二〇；一二・三四；一三・一；一三・八。

第七講

❖本篇重點在《文心雕龍》前五篇，尤其《原道》、《辨騷》、《正緯》三篇；講授時間為一九八七年十一月二十五日，乃夢鷗師評學生《文心雕龍「文之樞紐」試釋》報告所論。

七・一

《文心雕龍・序志篇》：「蓋《文心》之作也，本乎道，師乎聖，體乎經，酌乎緯，變乎騷，文之樞紐，亦云極矣。」（范註《文心》，頁七二七；《奧秘》，頁二四）用了「本」、「師」、「體」、「酌」、「變」；用字不同，作用即不同。

七・二

「樞紐」二字，《文心雕龍》兩見，意思是不是一樣呢？一是《議對篇》「故其大體所資，必樞紐經典」（范註《文心》，頁四三八），這裡的樞紐指「取材」，即文章的資料，指議論要有根據；一是《序志》說的「文之樞紐，亦云極矣」，這裡的樞紐指「關鍵」，即文章的本質。

七・三

李曰剛：「樞謂戶樞，紐謂璽印提繫之處，世因謂扼要之處曰樞紐。」徐復觀：「樞是戶扉得以開閉的樞軸，紐是束帶得以連結的紐帶。」──這些都是一般辭典的解釋，成什麼解釋呢！【註】

【註】李曰剛語見《文心雕龍斠詮》（上冊，頁一〇三一）；徐復觀語見《文心雕龍淺論之六──文之樞紐》，收錄於其《中國文學論集》（頁四二五）。李、徐兩段話是學生報告中所摘引的文字，夢鷗師認為研究報告中援引這類字面的解釋，並無意義。

七・四

《原道篇》的「道沿聖以垂文，聖因文而明道」（范註《文心》，頁三；《奧祕》，頁三一），前一句是歷史的考察，話中的「文」是表達得好、表達得得體。

七・五

對於「緯」，劉勰並未「尊」，只是「正」，只是「酌」，《文心雕龍・正緯篇》說：「前代配經，故詳論焉。」（范註《文心》，頁三一）【註】

【註】學生的報告裡寫道：「經書所呈現的不可能是道的全體，緯書所呈現的正是神秘而難以用現實來驗證的真偽莫定的東西。我們或可將《宗經》「六義」中的文句稍加改變，即「文能尊緯，體有六義……。」夢鷗師乃針對這段敘述而發。

七・六

劉勰講「變乎騷」，又講「參古定法」，「經」是古，「騷」是古之通變方法。

七・七

《辨騷篇》：「憑軾以倚雅頌，懸轡以馭楚篇，酌奇而不失其真，翫華而不墜其實。」（范註《文心》，頁四八）這四者似乎兼含「正言」與「體要」。

【註】學生的報告上說：「前二者為『正言』，後二者為『體要』，亦即求其『文質之相稱。』」夢鷗師乃就此表示不同看法。

七・八

劉勰說「文之樞紐」，指文章之所以為文章的根本、本質。

七・九

要將劉勰用字「科學地」檢查清楚，但列字統計時要加以分類，有時當動詞，有時則是名詞、副詞、形容詞。

【互參】二・一五。

七・一〇

劉勰認為「典誥」最真實、最真切，是正常的生活經驗。

【互參】一五・一〇。

七・一一

〔說劉勰〕執兩用中的「中」要打折扣，經、騷大概六成—四成或七成—三成之比；也可以說，劉勰有「執兩」，無「用中」。【註】

【註】學生報告裡說：「文的發展規律——通變，文的指導原則——執兩用中……。」對此，夢鷗師提出不同的理解。

【互參】六・三。

七・一二

如果不講詩、賦，劉勰只說「宗經」即可；但談詩、賦，那麼只有「宗經」的話是不行的。

七・一三

天天好天氣，這個天氣不好過——歌德〔Johann Wolfgang von Goethe〕的話【註一】；如果有一天，科學發達，世界沒有神秘，日子也很沒味道。人需要變化，這也是「自然之道」【註二】。

【註一】夢鷗師云：「歌德詩云：『細味生涯唯忍受，過多佳日亦煩人。』這正是說『良』辰『美』景過得太長久了，也失去其為美的性質。是故美的存在，即含有善變的性質，反之，也可說『變化』本是構成美之『存在條件』之一。」（《美學》，頁一三二）課堂所引述的歌德詩句當本此，《美學》一書中，歌德詩句的中譯疑即出於夢鷗師。

【註二】夢鷗師云：「……人們對文學的趣味也不過是搖擺於正反兩極之間。不是偏向正統的，便是偏向反動的；並且這種偏向的持久力，則又似是一樣的，雙方都沒有永恆性。沒有永恆性本來就是趣味的重要性質，還不須蕭子顯為之說出『習玩為理，事久則瀆』這個玄機；而文學作品之引人入勝，重要的也是靠有這樣的『變化』。『變化』之能製造讀者趣味，可說即因其切合於趣味本身的性質。」（《文學批評與文人相輕》；《探索》，頁四六）

七•一四

神怪在做為知識的時候是不可取的，但在做為消遣娛樂時是有作用的。

七•一五

《原道》到《辨騷》五篇中，《原道》、《徵聖》談文化問題，不是談文章；《宗經》則文化一半、文章一半；《正緯》、《辨騷》則以文章為重。

七•一六

文學的事情很簡單——黑字白紙。但麻煩的是在「人」，文學作品怎麼想？怎麼寫？很複雜。劉勰能用四十九篇寫得這樣，就很不容易了。

七・一七

各個、眾多的流派，其產生其實是由「心生而言立，言立而文明」。必須思索：沒有語言，能否思考？關於這點，《神思篇》未必就講得很好，但都觸及到了。

【互參】三・九；五・一三；一二・一二；一三・二；一三・四。

七・一八

過去的哲學，研究思想；現在的哲學，研究語言。

七・一九

在「自然之道」中，有好的、壞的，只是劉勰要以好的為標準，提倡寫好的文章。

七・二〇

文化生活要變為「美的生活」才好。

七・二一

「酌乎緯」，「緯」不是給人「知識」的，而是給人「排遣」的。

七・二二〔補〕

《文心雕龍・原道篇》：「文之為德也大矣，與天地並生者何哉？夫玄黃色雜，方圓體分，日月疊璧，以垂麗天之象；山川煥綺，以鋪理地之形；此蓋道之文也。仰觀吐曜，俯察含章，高畀定位，故兩儀既生矣，唯人參之。性靈所鍾，是謂三才。為五行之秀，實天地之心。心生而言立，言立而文明，自然之道也……。」（范註《文心》，頁一；《奧秘》，頁二五）《原道》這篇，的確是根據《易經》「天道」、「地道」、「人道」與三才之說而來【註】。

【註】《周易・繫辭下》：「《易》之為書也，廣大悉備，有天道焉，有人道焉，有地道焉，兼三材而兩之，故六；六者，非它也，三材之道也。」（《周易正義》，頁一七五）

第八講

❖本篇重點在《文心雕龍・知音篇》；講授時間為一九八七年十二月二日，乃夢鷗師評學生《「文情難鑒，披文以入情」——略論〈知音篇〉》報告所論。

八・一

「六觀」是文學批評的「方法」【註】，而不是「標準」，六觀中沒有「標準」。劉勰將「六觀」當做一個基型，但還未仔細說明：這不是指閱讀基型當中分別這六點，而是說閱讀了一篇文章之後，根據這六點去批評，也就是要人把握這六點，而不是要人直接用這六點來談。否則，就成了不通之論，光談一、兩句，如何知道它什麼「位」、什麼「體」、什麼「事義」……，因為文章在後面還有轉折。所以一定要對作品完全瞭解以後，再來用這「六觀」。不能以單字、單詞去說它。

【註】　劉勰說的「六觀」，即觀：「位體」、「置辭」、「通變」、「奇正」、「事義」、「宮商」；《文心雕龍・知音》的原文是：「凡操千曲而後曉聲，觀千劍而後識器；故圓照之象，務先博觀。閱喬岳以形培塿，酌滄波以喻畎澮，無私於輕重，不偏於愛憎，然後能平理若衡，照辭如鏡矣。是以將閱文情，先標六觀：一觀『位體』，二觀『置辭』，三觀『通變』，四觀『奇正』，五觀『事義』，六觀『宮商』。斯術既形，則優劣見矣。」（范註

《文心》，頁七一四～七一五；《奧秘》，頁二五八）夢鷗師對「六觀」的說解，可參《奧秘》（頁二五八）。

【互參】一六・一六。

八・二

作品不能做為批評的對象，圖書館的書本充斥，並沒有批評的對象，要把作品與讀者心理的活動結合在一起，才能稱為批評的對象。舊的記憶加新的經驗就是當時讀者得到的東西【註】；我們比劉勰多了一千多年的經驗。

【註】夢鷗師早年曾翻譯Lascelles Abercrombie所著《文學批評原理》的一部分而名為《文藝技巧論》，其認為經驗是文藝的唯一來源，而云：「因為語言在文藝中只是個象徵而已，文藝是傳達經驗的，但經驗並非直接發生於語言之中。作者的經驗被轉化為語言所象徵的同等物，然後讀者由那同等物的象徵再恢復為同樣的經驗。在這轉化與恢復之間，經驗都是在想像中。因此，作為象徵的語言，是個有限度的媒介物，而可能想像的經驗則是無限度的。……

若使說表現的事物，其結果真正就是再現的事物，那還好辦；不過，事實並不如此。如同呼聲，在喊叫者本是非常的表現，但在聽見呼聲的人卻淡然地或竟至莫名其妙。」（《論談》，頁一二九～一三〇）夢鷗師或受之影響，討論文學時，亦十分強調經驗。

八・三

作品看得懂，一半是靠讀者，靠他的記憶——就是他舊的經驗。凡是閱讀，都可說是「溫故而知新」。《知音》所云「貴古賤今」……等等【註】，都和這個有關。

【註】《文心雕龍・知音篇》的相關說法是：「夫古來知音，多賤同而思古，所謂『日進前而不御，遙聞聲而相思』也。昔《儲說》始出，《子虛》初成，秦皇漢武，恨不同時；既同時矣，則韓囚而馬輕，豈不明鑒『同時』之賤哉！……鑒照通明，而貴古賤今者，二主是也。」（范註《文心》，頁七一四；《奧秘》，頁二五二）

八・四

「貴古」從事實上說——禁得起時代考驗，並不算錯，但並不是「食古不化」。

【互參】一・一；一二・九。

八・五

《知音篇》舉韓非的例子是不很適當的，因為韓非被李斯害死，是政治原因，而不是文學的原因【註】。漢武帝之用揚雄，這個例子也和文學沒有關係，揚雄是文人，即使再怎麼受欣賞，能派他做什麼呢？

【註】夢鷗師云：「韓非是被李斯妒嫉而致死，未必即與文章有關，此處舉例，意謂韓非倘是古

人，則其文章將永被嘉許。其取司馬相如之例，亦是如此，都是用作『貴古賤今』觀念作祟的例證。」（《奧秘》，頁二五四）

八・六

讀者看作品，所需要得到的不外兩方面：一、求知，即知道；二、求情感的滿足。這兩方面的路是不同的，不求知根本無從求感。求知而得感，這乃是很偶然的。求知——如：解數學，是無可感的，雖然也會很愉快，但「二加二等於四」，什麼都沒有了。教科書就是求知的，但只能一讀；有刺激的東西纔能一讀再讀、一感再感。教室變成電影院【註】、教科書變成《紅樓夢》更好，但不可能，因為走的是兩條路。

【註】　一九六二年，臺灣高中聯考的作文題目是「假如教室像電影院」，曾引起廣泛討論，夢鷗師即借此為說。

八・七

「崇己抑人」與文學批評也有關係，但與一般閱讀沒什麼關係——並不是一般的閱讀都會「崇己抑人」，否則就不會去買這本書、不會進圖書館。不過，同行相嫉，你讀的、我讀的可能一樣，但「瞎子摸象」，也許摸的時候硬說我摸的象不是你摸的象。

八・八

同一個作品，原來覺得不好，後來卻覺得好，這是因為我們腦中的資料多了。

八・九

杜審言詩：「行止皆無地」、「獨有宦遊人」【註一】，講公務員攜子帶女到處調。這十個字，讀者都認得，但就是看不懂、沒共鳴，就是因為讀者自己沒有這個材料。又，李商隱寫給令狐陶的詩——「蘭亭讌罷方回去，雪夜詩成道韞歸欄行……。」【註二】這裡面的東西，我們都要知道、有記憶，求「知」了，才有辦法讀這首詩。這些記憶材料並不是每一個人都相同，所以同一個作品，有人拍案叫絕，有人嗤之以鼻而無可感，這不就是「知音其難哉」！劉勰《知音篇》就涉及了這些複雜的東西。

【註一】杜審言的這兩句出現於兩首詩：一是《秋夜宴臨津鄭明府宅》，原文為：「行止皆無地，招尋獨有君。酒中堪累月，身外即浮雲。露（一作霜）白宵鐘徹，風清曉漏聞。坐攜餘興往，還似未離群。」一是《和晉陵陸丞早春遊望》（一作韋應物詩），原文是：「獨有宦遊人，偏驚物候新。雲霞出海曙，梅柳渡江春。淑氣催黃鳥，晴光轉綠蘋。忽聞歌古調，歸思欲霑巾。」（俱見《全唐詩》，上冊，頁一七七）

【註二】此出自李商隱的《令狐八拾遺（綯）見招送裴十四歸華州》，全詩為：「二十中郎未足稀，驪駒先自有光輝，蘭亭讌罷方回去，雪夜詩成道韞歸。漢苑風煙吹客夢，雲臺洞穴接郊扉。嗟余久抱臨邛渴，便欲因君問釣磯。」（《玉谿生詩箋注》，頁五八～五九）。

八・一〇

劉勰說的「博觀」指經驗，這是不錯的，但要加一句——經驗是怎麼得的？就是「比較」而得的。

八・一一

「事義」：「具體」即「事」，「意思」即「義」；要很具體地把意思表達出來，就是「事義」，也就是用某種具體事情來發揮某種義理，而一般求知的東西則不需要這個。

八・一二

要把《比興》、《事義》連在一起才對。「事義」有些是做證據、例證用的，有些是用做比喻的，這在名學——如《墨經》——是很重視的。

八・一三

《文心雕龍》中，只有《知音篇》包括讀者與作者的問題。

八・一四

如果個人看個人的，就無所謂文學批評了。固然美學講欣賞是「自立」——自己成立的，但還是有一個共通的東西，不然，什麼都不必談了。

第九講

❖本篇重點在《文心雕龍・比興篇》；講授時間為一九八七年十二月三十日，乃夢鷗師評學生《劉勰〈比興篇〉初探》報告所論。

九・一

中國詩有許多本是比喻的，後來就成為象徵了，如：以花象徵女子。

九・二

某一個神話，也可做為一種象徵物。

九・三

「事類」不是比喻，而是一種「例證」、一種象徵物。比喻可以推廣為象徵，象徵也可以推廣到作者寓於作品中的某一種精神。

九・四

「附理」【註】，就是帶有邏輯性。

【註】語出《文心雕龍・比興篇》，其云：「《詩》文弘奧，包韞六義，毛公述《傳》，獨標興體，豈不以風通而賦同，比顯而興隱哉？故比者，附也；興者，起也。附理者切類以指事，起情者依微以擬議。起情，故興體以立；附理，故比例以生。比則畜憤以斥言，興則環譬以寄諷。蓋隨時之義不一，故詩人之志有二也。」（范註《文心》，頁六〇一；《奧秘》，頁一八九）

九・五

固然劉勰把比、興放在修辭的地位——屬於雕龍之術；但是，比、興另有本質上的意義。何謂比？何謂興？更帶有文學審美的意義。

九・六

《比興篇》談的雖為兩個主題——比、興；但大多在談「比」。另外，在《物色篇》也談了「比」。

九・七

甲物、乙物的某處相同即可「比」，這就是比喻。以甲代乙則為「借喻」——即西洋所說的「象徵」，如：不必言耶穌的精神……等等，只拿出十字架即可。又，宋代有人說：詩中無梅花就俗。可能會舉出來：梅花耐寒、清香……，各項分別為人所承認而成為共識，此時，梅花就成為象徵。象徵簡單，而含義無窮。

【互參】六・八。

九・八

「興者，起也」【註】，以現代的話來說，不過是「刺激——反應」的意思。說得更深，表示它能引起人的聯想。

【註】許慎《說文解字》：「興，起也。」（見該書，頁一〇六）古代註解諸經，亦常以「起」訓「興」字，此可參阮元撰集《經籍纂詁》所錄（上冊，頁三六七）。

九・九

我讀《比興篇》，特別翻了《詩經》和《毛詩序》，很佩服劉勰讀書的精細，他說：「毛公述《傳》，獨標興體。」表示詩的意思並非其字面的意思。無論大、小毛公對詩的解釋究竟是己意還是詩人原意，這雖不可知，但可知他們對「興」持有什麼樣的看法。

九・一〇

比興的含意有廣義的、有狹義的。狹義的比興是修辭方法的一種，是形式化的。廣義的比興則所言極廣，古人談某人對比興或詩有專長，可以說某人「工於比興」，而不必說他「工於詩」；因此，是否比興即可含概詩的全體？【註】

【註】　夢鷗師云：「依照向來的解釋，『賦』之外，『比』『興』都是『間接法』的表現。近人以此為文學語言之特性，則又與我們稱『詩』為『比興』的用意相合，這也可謂古今中外對文學表現法的意見毫無二致了。」韋勒克、華倫曾謂意象、隱喻、象徵、神話四者是趨向同一目的兩條路線：其一是感覺的性質，乃感覺和審美的連續體；另一是譬喻或比喻法，乃運用換喻或隱喻的「間接法」（Oblique）的講述。兩者合為文學之特性，而所以異諸科學撰著者。夢鷗師認為「感覺與審美的連續體，就像我們所謂『興』」、「使用比喻來講述的間接法，就像我們所謂『比』」（《實踐》，頁一六二）。韋勒克、華倫原說，則詳夢鷗師與許國衡所譯《文學論》（頁三〇一～三〇二）。

九・一一

孔穎達認為賦、比、興，是作詩的作法【註】。指的就是狹義。古來文學作品的寫作方法大概不出賦、比、興的範圍，賦是直接敘述的，比、興則是委婉敘述的。

【註】孔穎達《毛詩正義》：「然則風、雅、頌者，詩篇之異體；賦、比、興者，詩文之異辭耳。大小不同，而得並為六義者：賦、比、興是詩之所用，風、雅、頌是詩之成形；用彼三事，成此三事，是故同稱為義，非別有篇卷也。」（《毛詩正義》，頁一六）

九・一二

有深度的小說、戲劇其實不是要像「長舌婦」一樣，而是有它的寓意，所以都是「比興的」——胡鬧的、低級的小說、戲劇例外。

九・一三

宋以後，文人對戲曲有了興趣，但仔細推敲，他們的興趣並不在情節上，而是與詩一樣，興趣在其修辭等等上頭，和西洋的戲劇不同。所以，中國傳統的文學（戲劇）作品仍是詩。

九・一四

劉勰之後，尤其唐代，談「文」的就很少了，如果有，則談的非常形式化——自（宋代呂祖謙）《古文關鍵》起，走的也就是這條路。至於文，以它為榜樣，卻沒有什麼理論去談它，駢文的情形也是如此。

九・一五

古人的批評或理論都是走鍾嶸的路子，而且中國的文學理論比西洋深得多，西洋人二十世紀才談到的東西，中國老早就三言兩語地提過了。近代西洋人言意象、言象徵、言比喻，謂其為文學精神之所在，其實，這就是中國古代所謂的「比興」。

【互參】一・七；一二・二。

九・一六

「比喻」與「象徵」的區別是什麼?比擬性的東西，某個詩人偶然的「比」法一旦成為某些人的共識，就成為一種「象徵」。象徵亦是比喻，但它是可以獲得眾多人同意的東西。

九・一七

談到詩，鍾嶸有著開創地位，雖然不完備，但是綱領已具，後世都出不了他的範圍。鍾嶸認為作品應該著重內容，而不是形式。在鍾嶸之後，瞭解這個的就是王昌齡——有「詩家夫子」之稱，他的詩不但形式好，而且含意也豐富【註一】。這就要看《文鏡祕府論》，遍照金剛帶回日本的，距王昌齡有四、五十年。近代的艾略特的一些意見就在裡面。皎然的《詩式》也可以看。看《文鏡祕府論》，是因為兩人時代連接，而且都是佛教徒。至於《歷代詩話》一卷本就靠不住；另外，十萬卷樓五卷本似乎就是滿清人抄襲自《文鏡祕府論》的【註二】。

【註一】可參夢鷗師《王昌齡生平及其詩論》一文（《探索》，頁二五九～二九四）。

【註二】《歷代詩話》一卷本，乃清代何文煥所編。十萬卷樓五卷本《歷代詩話》，即指清代陸心源的《十萬卷樓叢書》本。

九・一八

日本京都大學有一位小西甚一【註一】，博士論文寫了十年，藏在寺廟裡的版本都蒐集了。大陸某學者的《文鏡祕府論》多用之而不註明，可謂之「偷」【註二】。

【註一】小西甚一（一九一五～二〇〇七），著有：《文鏡秘府論考 研究篇》上、《文鏡秘府論考・第2下》、《文鏡秘府論考・第3》；一九五一年，其即以《文鏡秘府論考》而獲得日本學士院賞。從《初唐詩學著述考》、《有關唐代新體詩成立之兩種殘書》（《探索》，頁二三九～二五七），可知夢鷗師閱讀過小西甚一對《文鏡祕府論》的研究專著。

【註二】夢鷗師授課時，對這位大陸學者實曾指名，今廣考相關文獻，未見確徵，疑為夢鷗師口誤或筆者誤記，故此則略其姓名，而以「大陸某學者」代之。

九・一九

唐「大曆十才子」代表該詩派的理論，而引起了晚唐的詩。事實上，唐詩到了大曆就已經變調，晚唐就變得更厲害了。

九・二〇

〔北宋阮閱所編選的〕《詩話總龜》沒什麼價值，但南宋胡仔的《苕谿漁隱詩話》很有價值，缺點就是以「人」為主體，而不是以「文學問題」為主體。再下去就要看《滄浪詩話》，雖然少，卻不好讀。如果能讀懂，明、清的詩話就能懂了，明、清一正之、一反之。《滄浪詩話》未提到《文心雕龍》、劉勰，但嚴羽似乎讀《文心》讀得十分熟。至於他對詩的標準等等看法，都是走鍾嶸的路。《滄浪詩話》最特別的即是「以禪喻詩」【註】，這可能是當時的風氣，但他這個禪的比喻可能打歪了……。

【註】《滄浪詩話》「以禪喻詩」的說法，參吳文治主編：《宋詩話全編》（第玖冊，頁八七一八～八七二〇）。

【互參】一〇・一；一一・一。

九・二一

文學，實實在在即是語言。

九・二二

什麼是「實用的文學」？一首詩也有實用的功能，像鍾嶸所說：「窮賤易安，幽居靡悶。」【註】所以，或許應該說：純文學是「沒有實際對象的」——有人看、沒人看都無所謂，反正要寫出來。

【註】《詩品注》，頁三。

第一〇講

❖本篇僅檢得一則，重點在禪詩；講授時間為一九八八年三月十六日，乃夢鷗師評學生《王昌齡之禪詩》報告所論。

一〇・一

禪講「妙悟」，是不可說的，不是一種共識，而是冷暖自知的悟。禪詩則是一種不可說、不可解的詩情。【註】

【註】夢鷗師於此次所講，僅檢得一則。相關論述可參《王昌齡生平及其詩論》以及《嚴羽以禪喻詩試解》（分別見《探索》，頁二五九～二九四、頁三七三～三九四）。

【互參】一三・二〇。

第一一講

❖本篇僅檢得兩則，重點在《滄浪詩話》；講授時間為一九八八年六月一日，夢鷗師評學生《嚴羽滄浪詩話淺介》所論。

一一・一

嚴羽：「夫詩有別材，非關書也；詩有別趣，非關理也。」這是極透徹的話，極合乎美學的原理【註一】。「非關書也」，指不要吊書袋。「然非讀書，多窮理，則不能極其至。」我依最早的版本——《詩人玉屑》抄的《詩辨》，二書年代相近，兩個作者在地理上也極接近【註二】，這段話一定是後代人加的【註三】，大概是好意，不然前面的話太「革命」了。「不能極其至」，禪偈也有像詩的，但就不是「其至」了。「所謂不涉理路，不落言詮者，上也。」話中的「理路」，就是指用邏輯的方式來說話、以「因為……所以……」的方式來說話。

【註一】嚴羽《滄浪詩話》這段話見《宋詩話全編》（第玖冊，頁八七一九）；夢鷗師晚年接受訪問時，說：「為什麼人家推崇嚴羽《滄浪詩話》中《詩辨》已經進到現代美學，原因在於他把詩分得非常清楚。他說『詩有別趣，非關理也』、『夫詩有別材，非關書也』，真正的學問不是將書抄了一大堆，以為就是有別的趣味啊！又如他說詩之道在哪？在妙悟。而妙悟就是直覺，就是第一義、第一印象……。純文學裡就講得相當清楚，語言當中講什麼？就講詩歌、戲曲、小說這類，當中就表現出一種趣味，珍惜的就是這種趣味……。」（見林明德：《文論說部居泰山——王夢鷗教授》，頁參—一二）

【註二】夢鷗師云：「黃昇序《詩人玉屑》之語，或有溢美之處；但韋居安言其『編類精密，諸公稱之』，這當是同時及稍後之人的紀實。魏慶之編書既可稱『精密』，則由他所鈔錄在卷之一的嚴羽《詩辨》之文，當較後代流傳的任何通行本《滄浪詩話》可信。抑且黃昇是建陽人，魏慶之是建安（今之建甌）人，建安建陽僅有幾重山之隔。其地於南宋，不特文風鼎盛，而出版業尤其發達。嚴羽邵武人，與建陽亦只有幾重山之隔，這三個人，可謂地緣密接。」（《嚴羽以禪喻詩試解》；《探索》，頁三八〇）

【註三】魏慶之《詩人玉屑》錄嚴羽《詩辨》曰：「夫詩有別材，非關書也；詩有別趣，非關理也。而古人未嘗不讀書、不窮理。」當中並無今通行本《滄浪詩話》「然非讀書，多窮理，則不能極其至」的文字（見《詩人玉屑》，頁二）。

【互參】九・二〇；一〇・一。

一一・二

「積學以儲寶」，就是把材料吸到肚子裡，消化、重組，像萬花筒一樣。

第一二講

❖本篇重點與前第三講同，乃通論《文心雕龍》。

一二・一

西洋十八世紀文學理論的研究多似X、Y式的，探討形上的種種，但那是非實證的、是不可見的，唯一可見的是作品本身，而作品本身，不同的人有不同的看法，很缺乏定論。十九世紀轉而研究作家的頭腦，於是關注作家的交游……等等，這也缺乏定論。二十世紀初又探討作品，研究作家的種種，於是受現象學的影響，許多部分都「存而不論」，只就可見的部分去討論，可見的是二十世紀興起的語言學，於是產生了形式主義——這個不錯，很確實！我國的《文心雕龍》就是形式主義的作品，它的方法確實不錯，至於其中屬於個人意見或時代意見的部分則另當別論。

一二・二

古人的「三言兩語」相當於今天的一章、一本書，多半是「結論」，因為他們以為別人都瞭解，所以十分簡短。傳統的文章也講究「要言不煩」——這也有影響……。至於道家、禪宗是不是對它（這個簡要的形式）有影響，那就要存疑。禪宗不立文字，這是極簡樸的態度，怕甲原為對的，受乙多說的影響而拋棄了原有的理論、弄亂了自己的理路，乾脆不說。這些短語都觸及了許多西洋新發展的理論核心。

一二・三

符號學研究符號和意義，然所說的符號多為英、法、德文，有人用它分析中國文學，並作解釋，結果並沒有任何結論，說它又有什麼效用？對後來的作家並無幫助，如：分解文字時，「公無渡河」的「河」與兩句「其奈公何」的「何」字，因同音所以就解為同義，這很有問題【註一】；所以，這個理論恐怕未必適用於中國的文學【註二】。西洋理論可取的乃是處理過去中國抽象的問題——創作心理、風格……等等。

【註一】《公無渡河》詩見郭茂倩《樂府詩集》，其據崔豹《古今注》，謂之《箜篌引》，其載詩曰：「公無渡河，公竟渡河，墮河而死，將奈公何！」（《樂府詩集》，第一冊，頁三七七）夢鷗師早年翻譯Lascelles Abercrombie所著《文學批評原理》中的一部分，並以《文藝技巧論》

為題發表，在文末的「附記」中說：「他〔Lascelles Abercrombie〕所用『語言』二字，其實包括文字而言。不過僅將文字分為『意義』與『聲音』兩面，頗與我國的文字不合。因我國文字是由形、音、義三面合成的，而字形在表現上亦具一分作用……。」（《論談》，頁一四一）此亦可見運用現代理論分析文學時，須注意語文性質之異同。關於字與古典文學研究的問題，可以參考夢鷗師論述《文心雕龍》的一段話：「劉勰在《練字篇》特別敘述兩漢至魏晉時代文字演變的歷史。這是極有意義的說明。因為他在《章句篇》已認清『夫人之立言，因字而生句，積句而成章，積章而成篇』，所以要討論文學作品，不能不注意到構成那作品的基本單位『字』的問題。不過他對這問題的觀點是循著『篇之彪炳，章無疵也；章之明靡，句無玷也；句之清英，字不妄也』這一方面，所以在《練字篇》中只提示一些關於如何利用字形字義來結構篇章，而沒有發明漢魏以來『文字』變遷與文體變遷之關係，是很可惜的。」（《漢魏六朝文體變遷之一考察》；《論衡》，頁一〇二）

【註二】夢鷗師在舉這個例子時，表示曾有學術會議請他評閱一篇論文，論文是臺灣留美學者寫的，文中用結構主義方法分析漢代樂府詩《公無渡河》中的文字。夢鷗師細數了該詩至今可以蒐見的版本，指出其中有幾個版本比較可靠，然今已無法確考原文究竟應依哪個版木，不過，當中至少有兩個版本的文字必錯無疑，論文作者選用的即屬其一。夢鷗師說，既然絕非原來的文字，因此洋洋灑灑的論文也就不必討論了。夢鷗師非常強調學術的嚴謹精神，不喜沒有根據而想當然耳的發揮，頗類清代乾嘉樸學家的態度。課堂上舉這個實例，是提醒學生實事求是，不要嚮壁虛造。再者，夢鷗師亦在指明分析作品時用的方法要與作品本身的語文性質相應，這可輔參他針對《文心雕龍》所說：「這在討論的方法上，更是中國的方法。因為唯有『文章』這種東西，它雖然根植於人類的心靈，但心靈既選定使用語言文字來表達，就要全部依從語言文字的歷史條件作有效的操作。語言文字的歷史，因人們所屬的語族不同，縱使心靈如一，而語言文字的操作卻無法苟同。尤其是為達成語言文字高度的效果，小至一個字音不適當的安排亦會扭曲了通常的語法。各種語言文字都涵有許多曲解式的語法，受到歷史的承認而積非成是，作為不同國度的人們之不同的溝通情意的工具。因此《文心雕龍》使用中國的方法討論中國的文章，應該是十分適當的。儘管由我們現代人看來，它多少帶些『土氣』，但不能否認：它的真正價值亦當在此。」（《奧秘》，頁七～八）一九九〇年，夢鷗師接受媒體訪問，提到了中國文字特性及其修辭運用對中國文學研究的影響（尤其古典文學研究），茲擷以附參：「其實日本人對中國是很有野心的，他們連中國的土地都很精確地測量，只要是關於中國的，他們都想要研究，但是他們對於中國人的歷史有一種障礙無法克服，那就是中國文字。其實中國書本上的文字就像霧一樣，除了本國人可以心領神會中國文字的奧妙和中國文字所要表達的精髓，外國人是沒有辦法真正理解的，他們就像站在霧外看霧一樣，看不清楚。譬如日本人有人花了二十年時間研究《世說新語》這本書，也寫了不少有關的東西，只要其中那一字一出現就知道出現在那裡，出現過幾次，中國人，是不會這樣讀書的，所以書中的精義外國人知道的也沒有中國人清楚，只是他們所發展出來的索引幫助不少研究者。另外也有一個美國人從事《世說新語》的研究翻譯是最好的，但是還是翻錯了很多，為什麼？因為他們翻不出中國文字的精義和真意，尤其是修辭上的變化。」（馬銘浩：《一字一句下功夫——嚴謹治學的王夢鷗教授》訪問稿，一九九〇年五月三日《中央日報》第十七版）

【互參】一三．七；一四．一。

一二．四

《文心雕龍》的若干篇——特別末幾篇——是推論，但它的推論「有本」，它的「本」是在其他篇裡面。這本書有現代精神，那幾篇多半可以驗證，因為附有可見的作品。另外，詩話則應視為讀者的意見，應該將它充分利用。

一二・五

齊、梁時，文學就要變，《文心雕龍》於是應運而生。

一二・六

《文心雕龍》說：「望今制奇，參古定法。」（《通變篇》贊語）但文學的本質就是「新奇」。

一二・七

中國始終是「文」、「質」相遞，（作品的）意思或許相同，而表達方式改變了。到六朝變得亂七八糟，因此更由「濫」而到了「直說」。

一二・八

「宗經」，即要求簡潔清楚。

一二・九

古文運動實際就是當時的白話文運動，運用當時的語法當文法，所以並非純粹的「復古」——也不可能那樣。

【互參】一一・一；八・四。

一二・一〇

唯識學可以說是佛家的心理學，以抽象的名詞代表抽象的意義，假設的兩樣東西如何相配？它的結果也必定是假設的。佛告訴人的，乃是告訴「俗人」，以生活情況舉例去說，所說的都是假設的。真正依佛菩薩的境界去看，他們所說的，根本沒有這麼一回事——太虛大師也這麼說【註】。

【註】此可參太虛大師論「理之實際」所云：「以佛法究竟真實言，所謂『實際理地，不立一法』。諸法相相，唯無分別智如如相應，無可建立，無可分說，離名絕相，超諸尋伺；由語言文字說真如法性等，都是假名安立的善巧施設，實際是無可言思唯證相應的。」（《太虛集》，頁四一）夢鷗師於課堂亦曾言及「如如」之義。

【互參】四・九；六・一〇；一三・一；一三・八。

一二・一一

理論的困難在於只能以「意」去「會」，名詞本身找不到實際的內容。

一二・一二

我們應該研究時間久而受人肯定的書，如《文心雕龍》，這樣才不致浪費光陰，比較實在。只有文學不得講時髦，《文心雕龍》的意見很落實，落實在作品上，而非空洞的推理。「心生而言立，言立而文明」——「言」是「心中之言」，人用語言來構思，它有所謂的「內聽」【註】，這可說是「文學發生學」，是非常好的結論。我們討論則不能依照它發生的程序，否則又會抽象而走入西洋十九世紀探討的狀況，所以，要先討論「言立」，再追它的「心」如何產生，這比較扎實！

【註】夢鷗師將語言分為「內在的語言」與「外在的語言」：內在者，即是存於作者內心那「無形虛位的情意」，乃是「隨意所之」的；外在者，是指「具體可聞見的文辭」，是「約定俗成」的而受許多後天條件所支配。此可參《奧秘》（頁一三九～一四〇）。又，有關《文心雕龍》中「內聽」與「外聽」的分析以及「外聽易為力而內聽難為聰」的討論，可參《劉勰論文的特殊見解》（見《探索》，頁一六八～一七〇）。

【互參】五・一三；七・一七；一三・二；一三・四。

一二・一三

《文心雕龍》有幾個特色：一、這本書是純粹的中國資料，現在的人多半喜歡引用外國人的話——多半只引一句話，兩者未必聯貫、相同，有時是隨興的。《文心雕龍》則純以中國作品為說；二、它所討論的東西有很粗淺的，但說得很詳細。其精深部分十分深入，但沒有說下去，自下篇《神思》至《序志》，多半可解，其他的則多「言所不追，筆固知止」（語見《神思篇》），要讀者去會意。在人心很細微的地方，他明白表示不說了——這實是「現象學的文學論」，在現象以外的就「存而不論」。這很好！討論只到此為止。美在何處，把握不住。今天文學批評者討論的複雜問題，他都點出來了，但沒有去說；三、劉勰對「自然」的體認很深，要文章寫得自自然然的，鍾嶸也是這樣；四、他注意到了語言的問題，探討了語言與文學的關係——《練字》、《麗辭》……等。他說得很「現代化」，都點出來了，這是以前的人都沒有注意到的。聲律等在唐以前是語言，聲律家接受，到唐代初年，文人才接受。劉勰對這個討論得很詳細【註】，沈約的聲律討論卻沒有傳下來；五、劉勰討論作家論，一說《才略》，另一說《程器》，內在、外在都說得很清楚；六、他對文學氣候的轉變可在《史識篇》中求得。多靠政治、經濟勢力來培養文學，再造成一代之文學——這個看法十分篤實；七、他在《時序》的看法可能受佛家的影響，倡一興一衰的「文－質」說，當是受了輪迴觀念的影響。

【註】　此參《聲律篇》，其中，劉勰提到：「又詩人綜韻，率多清切，楚辭辭楚，故訛韻實繁。及張華論韻，謂士衡多楚，《文賦》亦稱『取足不易』，可謂銜靈均之聲餘，失黃鍾之正響也。凡切韻之動，勢若轉圜；訛音之作，甚於枘方；免乎枘方，則無大過矣。」（范註《文心》，頁五五三～五五四；《奧秘》，頁一七四～一七五）夢鷗師於課堂解釋說：「『詩人綜韻』是指《詩經》的中原正聲；楚辭是用湖北音；張華是范陽人，用河北音；陸機是吳郡人，屬江南音。」按：屈原據傳為丹陽人，在今湖北省秭歸縣境；張華籍為范陽方城，在今河北省固安縣境；陸機籍為吳郡吳縣，在今江蘇省蘇州市境。又，《奧秘》一書中，夢鷗師並云：「這

大概是以當時中原人的讀音來比對南方作家的作品，說屈原的文章用當時北方話來讀便有許多音律上的毛病，連吳人陸機的作品亦不例外。但在沒有統一的語音之時，他只好說聲韻的運作，總要圓滑流暢，如果能避免拗口吃音，這將是原則之原則了。」（《奧秘》，頁一七四）

一二・一四

中國對作家生活習慣、生活問題、境遇……等等的研究比較忽略，《文心雕龍》裡則都提到了。

【互參】二・一一；五・一四；五・一六；一三・六。

一二・一五

看作品，要看它本身，以及它給予讀者的反應。

一二・一六

同時代的作品蔚為風氣，往往影響作者寫作，後代的文學風氣不會影響到以前的作者，但會影響我們看作品。我們的研究要兼涉「作者」與「讀者」，這也是西洋批評中所具有的。讀者意見影響作者的情況，對中國而言，愈古愈嚴重，屈原後的楚辭乃至賦的傳統，幾乎可說是受讀者的指導而寫的。

一二・一七

《文心雕龍》這本書什麼時候寫的？不知道，全部寫完則當在天監元年。【註】

【註】「天監元年」是夢鷗師約略的說法，於論文中，夢鷗師云：「今之『聖歷方興』應指的是梁武帝天監元年或二年。」（《奧秘》，頁一三七～一三八）

一二・一八

劉勰是齊、梁時人，後又在別朝為官。楊明照以為沈約因《文心雕龍》而提拔他，這是錯的【註】！要注意劉勰在定林寺十年，和僧祐在一起。要從僧祐的傳記上找資料，僧祐還沒到南齊就已很有名，蕭衍的太太常和僧祐往來，她是昭明太子的母親，拜僧祐為師。此外，蕭衍的六弟也十分崇拜僧祐，因此，蕭家早就認識劉勰了，《出三藏記集序》就是劉勰寫的。

【註】楊明照的說法見《梁書劉勰傳箋注》，收錄於《文心雕龍校注拾遺》；其參據《南史》而謂：「〔沈〕約仕齊世，和帝時最為貴盛；官驃騎司馬，遷梁臺吏部尚書兼右僕射。名雖府僚，實則權侔宰輔。舍人之無由自達，當在此時。」依楊氏自注，此乃本於清代劉毓崧之說（參《文心雕龍校注拾遺》，頁四〇六）。

【互參】一三・一一。

一二・一九

劉勰為什麼要寫《文心雕龍》這本書、為什麼三十多歲才作夢、夢見孔夫子？【註】這乃是引他著書的源頭。

【註】這是針對劉勰在《文心雕龍》的《序志篇》中的自述而發，原文為：「予生七齡，乃夢彩雲若錦，則攀而採之。齒在踰立，則嘗夜夢執丹漆之禮器，隨仲尼而南行；暨旦而寤，迺怡然而喜；大哉聖人之難見也，乃小子之垂夢歟？自生人以來，未有如夫子者也！敷讚聖旨，莫若注經，而馬鄭諸儒，弘之已精，就有深解，未足立家。唯文章之用，實經典枝條，五禮資之以成，六典因之致用，君臣所以炳煥，軍國所以昭明，詳其本源，莫非經典。而去聖久遠，文體解散，辭人愛奇，言貴浮詭，飾羽尚畫，文繡鞶帨，離本彌甚，將遂訛濫。蓋《周書》論辭，貴乎體要，尼父陳訓，惡乎異端；辭訓之異，宜體於要。於是搦筆和墨，乃始論文。」（范註《文心》，頁七二五～七二六；《奧秘》，頁二六五～二六六）

一二・二〇

楊明照關於劉勰出身的說法講得不對，劉勰在梁朝就做了蕭宏的書記，蕭宏是蕭衍最喜歡的弟弟。潘重規有篇文章，很有道理【註一】。若說（劉勰的《文心雕龍》）完全未受佛教影響則不可能，這可以旁參《顏氏家訓》【註二】。劉勰和僧祐在一起做什麼？在替和尚編佛經。但學者多半忽略了他編佛經與作《文心雕龍》的關係。《出三藏記集》由僧祐具名，首篇的序就先說該書的體例【註三】。他（劉勰）用編這套大書的經驗用來編《文心雕龍》，尤其《文心雕龍》前半部《明詩》到《書記》的分「文」分「筆」就是中國文章的分類，有如佛經中「律」、「論」的分類。劉勰把握四點來編——《序志》說的「原始以表末」、「釋名以章義」、「選文以定篇」、「敷理以舉統」（范註《文心》，頁七二七；《奧秘》，頁一五）。經藏、論藏等等之分以及某經為什麼這樣命名……，就是編輯體例，這創於道安，而劉勰承之，只是他專就「文」方面去編。

【註一】此是指潘重規的《劉勰文藝思想以佛學為根柢辨》一文，潘中列舉多項史例以明「六朝建碑，極為當世所重；而撰製碑文，必擇能文碩學之士」，進以證說劉勰「文學早成，文明早著」，該文刊於《幼獅學誌》（第十五卷第三期，一九七九年六月）。

【註二】這應是指《顏氏家訓》第十六《歸心篇》，該篇專言佛教，乃至遭後世學者斥為崇釋輕儒（《顏氏家訓》，頁八三～九一）。

【註三】《出三藏記集》云：「一撰緣記，二銓名錄，三總經序，四述列傳。緣記撰則原始之本克昭，名錄銓則年代之目不墜，經序總則勝集之時足徵，列傳述則伊人之風可見。並鑽析內經，研鏡外籍，參以前識，驗以舊文。若人代有據，則表為司南；聲傳未詳，則文歸蓋闕。秉牘凝翰，志存信史，三復九思，事取實錄。有證者既標，則無源者自顯。庶行潦無雜於醇乳，燕石不亂於荊玉。」（《出三藏記集》，頁二）

【互參】四．九；六．一〇；一三．一；一三．八；一三．一一。

一二・二一

「記室」至「倉曹參軍」，楊明照注錯了，楊氏沒有注意到「車騎」二字【註】；它位比三公，有自己單獨的衙門、有自己的「科」。

【註】這是針對《梁書》的劉勰傳而發，傳中云：「天監初，起家奉朝請，中軍臨川王宏引兼記室，遷車騎倉曹參軍。出為太末令，政有清績。除仁威南康王記室，兼東宮通事舍人。時七廟饗薦已用蔬果，而二郊農社猶有犧牲，勰乃表言二郊宜與七廟同改，詔付尚書議，依勰所陳。遷步兵校尉，兼舍人如故。昭明太子好文學，深愛接之。」（《梁書》，第三冊，頁七一〇）據此，劉勰曾任中軍將軍蕭宏的記室，後轉任車騎將軍夏侯詳的倉曹參軍。楊明照《梁書劉勰傳箋注》於「遷車騎倉曹參軍」云：「按舍人遷任此職，當在天監八年四月撰經功畢之後。《宋書・百官志上》：『江左以來，諸公置長史、倉曹……各一人。……今諸曹則有錄事、記室、戶曹、倉曹……凡十八曹參軍。……江左初，晉元帝鎮東，丞相府有錄事、記室……倉曹……騎士車曹參軍。』《南齊書・百官志》：『凡公督府置……諮議參軍二人。

諸曹有錄事、記室、戶曹、倉曹……城局法曹……十八曹。局曹以上署正參軍，法曹以下署行參軍，各一人。』《隋書・百官志上》：『梁武受命之初，官班多同宋齊之舊。……諸公及位從公開府者，置官署有……記室……列曹參軍……舍人等官。』」（《文心雕龍校注拾遺》，頁三九七）夢鷗師說：「然而，他（劉勰）何時遷為車騎倉曹參軍，史文不明。楊明照把那『倉曹參軍』箋註為尚書度支的僚屬，似乎欠妥。依理他的遷官當未脫離蕭宏的關係。因尚書度支屬下雖有倉曹，但蕭宏從中軍將軍以至司徒，他的府裡也有倉曹。《文獻通考》卷四八三、公以下官屬云：『梁武受命之初，官班多同宋齊之舊。有丞相太宰、太傅、司徒司空開府儀同三司等官。諸公，及位從公開府者，官屬有長史、司馬、諮議參軍，掾屬從事中郎、記室、主簿、判曹參軍、行參軍舍人等官』，所謂列曹參軍，即包括功曹、戶曹、倉曹、中兵、騎兵等等。劉勰之由記室遷車騎倉曹參軍，其官稱重要在『車騎』二字，車騎是將軍號，不是尚書度支。到了下文『出為太末令』，這個『出』字不唯指述他離開京城，亦表示他離開了臨川王的統屬，其時代雖不能考定，但應在那八十卷經論分類編成之後。太末縣於南齊時代屬於東陽郡。《隋書・地理志》下云：隋文帝平定江南，『廢建德、太末、豐安三縣』併入東陽，開皇十八年（五八九）又改名金華。蓋即今浙江金華縣境。」（《奧秘》，頁八～九）

一二・二二

劉勰的時代，大人物死了，寫碑的不是大官就是大名士，當時許多大和尚的碑都找劉勰寫，可見僧祐極其欣賞他、重視他。【註】

【註】按：《出三藏記集》中，載有碑銘四篇，或紀寺，或紀僧，其中《鍾山定林上寺碑銘》、《建初寺初創碑銘》、《僧柔法師碑銘》三篇即劉勰所撰，餘一篇《獻統上碑銘》則為沈約所撰；僧祐於小序中云：「其山寺碑銘，僧眾行記，文自彼製，而造自鄙衷。」（《出三藏記集》，頁四九八）僧祐既謂「造自鄙衷」，則應是他命劉勰製文，亦可見他對劉勰文筆的肯定，從另一碑文由沈約所撰，益可輔證並駕者受重視的程度。夢鷗師依據慧皎《高僧傳》十四卷《僧超辯傳》云：「超辯於齊永明十年（四九二）終於山寺『僧祐為造碑墓所，東莞劉勰製文』。按自漢以來，世俗無不重視墓道碑文的，凡被邀請撰寫碑文，除顯要者外，大都是大名士大作家；即使教下的風氣，似亦不在例外（《幼獅學誌》十五卷三期潘重規之《劉勰文藝思想以佛學為根柢辨》一文，考辨甚詳）。是故，僧祐請劉勰為超辯撰碑，當與其邀請劉勰編纂定林寺經藏一樣，都是要借重其學力與文才。易言之，劉勰著有文名是前因，而依僧祐是後果。這個後果，不僅有關家貧，也篤定了他『不婚娶』的意願。這都是在他撰寫《文心雕龍》以前，齊永明年間之事。」（《奧秘》，頁六八）

【互參】一三・一〇；一六・六。

一二・二三

皇親國戚到寺裡，劉勰是不是因此起了凡心、而去做官？或者僧祐也鼓勵他？這在《程器篇》可見一、二，而且表達得很清楚。劉勰何以潛心內典之外，又精讀外典呢？這也可見於《程器篇》【註一】。「學而優則仕」，這段時間是他的準備期【註二】，外在有誘惑，內在亦有覺悟。

【註一】這主要指《程器篇》後半所云：「蓋人稟五材，修短殊用，自非上哲，難以求備。然將相以位隆特達，文士以職卑多誚，此江河所以騰湧，涓流所以寸折者也。名之抑揚，既其然矣；位之通塞，亦有以焉。蓋士之登庸，以成務為用。魯之敬姜，婦人之聰明耳，然推其機綜，以方治國，安有丈夫學文，而不達於政事哉。彼揚馬之徒，有文無質，所以終乎下位也。昔庾元規才華清英，勳庸有聲，故文藝不稱；若非臺岳，則正以文才也。文武之術，左右唯宜。郤縠敦書，故舉為元帥，豈以好文而不練武哉！孫武《兵經》，辭如珠玉，豈以習武而不曉文也！是以君子藏器，待時而動。發揮事業，固宜蓄素以弸中，散采以彪外，楩柟其質，豫章其幹；摛文必在緯軍國，負重必在任棟梁，窮則獨善以垂文，達則奉時以騁績。若此文人，應《梓材》之士矣。」（范註《文心》，頁七一九～七二〇；《奧秘》，頁二六二～二六三）

【註二】夢鷗師云：「他（劉勰）認為作家既是社會上的高級智識分子，必須具有濟世拯人的熱誠，即使在現實生活有所周折，然而順利時，必有『兼善天下』的行為表現；不順利時，亦須盡其所能，而以文章垂為不朽的教訓。關於他在撰寫《文心雕龍》時，而有這種想法，是否懷著『問世』的念頭，這可存而不論，但《程器篇》不但像王充一樣大為文士張目，而同時亦給予作家以適當的鼓勵則是顯明的。」又云：「文之與武，代表知識之二大類，能文的知識分子，在其實質上應該具備這樣的智能，然後始當得『梓材』之選。亦唯有這樣的人選，始能經文緯武，為國棟梁。無事之時，能堅持個人的操守而著書，遇到國家之徵召，又能應時代需要而施展其長才。綜觀以上這些話語，不僅是對『文士』的要求甚嚴，實際亦是對『文士』之評價甚高。因為這意見是出自《文心雕龍》作者的筆下，如果不是說著玩的，則不難體會到他於著書同時還帶有什麼樣的抱負了。」（《奧秘》，分別見頁二五二、二六四）劉勰撰寫《文心雕龍》時是否懷有用世之心，夢鷗師書中表達的這兩段話略含隱約，或謂「可存而不論」，或謂「如果不是說著玩的，則不難體會……」，在課堂上，夢鷗師則說得較為肯定，直謂劉勰寫書時是其「學而優則仕」的準備期。

【互參】四・一七；一三・一二；一三・一四。

一二・二四

劉勰寫書的時間，劉毓崧的考證還有疑問，學者普遍認為大約是在南齊和帝中興年間，但多只是根據《時序篇》【註】；，劉勰只敘到南齊，他寫「暨皇齊馭寶」，可見當時在齊，「今聖歷方興，文思光被」（范註《文心》，頁六七五；《奧秘》，頁二三六），「今」指寫《時序》的時間，不是指全書寫作的時間在南齊和帝。

【註】　夢鷗師表示：《文心雕龍》全書五十篇，既不草率，所耗年月必當可觀，作者於此未交代，後人只能從隻字片語去推知，大約開始於「齒在踰立」（《序志篇》語）時，再就是據《時序篇》之末的話去推測，但是——「這一段話即使能測定其時代背景，實際也僅夠說明這《時序篇》寫成的時間，而《時序篇》既非全書最後之一篇，誰能保證他寫完此篇即時封筆而全書亦告『完成』？」（《文心雕龍成書年代質疑》；《論衡》，頁五八）

一二・二五

《時序》中，以下三點最為重要：一、劉勰特別重視王侯的影響；其次，研究學術者，如：稷下、白虎觀等，劉勰也把他們包括進去；再其次，即時代風氣的影響。前兩點，對士大夫文學影響大，對俗文學影響則小、甚至完全沒有影響。

一二・二六

「越騎校尉」等等，楊明照說錯了，那是空銜，以這個名義領口糧而已——可以參考《百官志》等，它〔這個官職〕也有漂亮的辦公室，但不必上班【註一】。劉勰也受了「三玄」的影響，他很注意魏晉清談的遺風，這可以參看《論說篇》。他用了這個做間架，裝入了五經、四史【註二】。劉勰極反對道教，這可能受到僧祐的影響，他寫過《滅惑論》，僧祐編的《弘明集》中曾收錄，他不喜歡道教，所以不用葛洪之說，一語不提【註三】！

【註一】越騎校尉是劉勰之父劉尚曾做過的官，《南史》：「劉勰，字彥和，東莞莒人也。父尚，越騎校尉。」（《南史》，第六冊，頁一七八一）楊明照注曰：「越騎校尉，本漢武帝置，後代因之。掌越人來降，因以為騎也。一說：取其材力超越。見《宋書・百官志下》。」（《文心雕龍校注拾遺》，頁三八九）夢鷗師云：「倘據《顏氏家訓・涉務篇》所言『南渡士族至八九世未有力田，悉資奉祿而食』之語，則這『越騎校尉』亦似是食祿用的虛銜。（《奧秘》，頁五）

【註二】《論說篇》中對魏晉清談遺風的重視，夢鷗師曾為文析述，參《奧秘》（頁一一三～一一四）。

【註三】夢鷗師云：「僧祐《弘明集》收載他（劉勰）寫的《滅惑論》，觀其為佛教辯護的熱誠雖不及其論『文』的奧博，但態度堅決，足可預示其削髮為僧是個順理的行為，同時小可看出他對道教邪術所利用的人性弱點以造成塵俗汙濁之種種世相，這或許亦是促使他思想轉變之一助力。使他始於棲身僧寺而終於歸心佛門，從劉舍人而變作沙門慧地。」（《奧秘》，頁一一二）《滅惑論》全文可參《弘明集》（頁二六九～二八二）。

【互參】三・八；一三・一五。

一二・二七

「出為太末令，政有清蹟」【註】，表示劉勰離開了他的老闆，故出為太末令。劉勰為政「清績」，而不是幹員。

【註】這是《梁書・劉勰傳》的文字，該文亦收錄在周振甫的《文心雕龍注釋》中。夢鷗師云：「所謂『政有清績』，似稱其廉潔，未必即有『能』名。以一個久習經論而專長文藝的學者治理萬戶以上的縣份（漢制：凡縣萬戶以上為令，減萬戶為長），他能得個『清績』，就是很了不起的了。」（《奧秘》，頁九）

一二・二八

《文心雕龍》的結構：

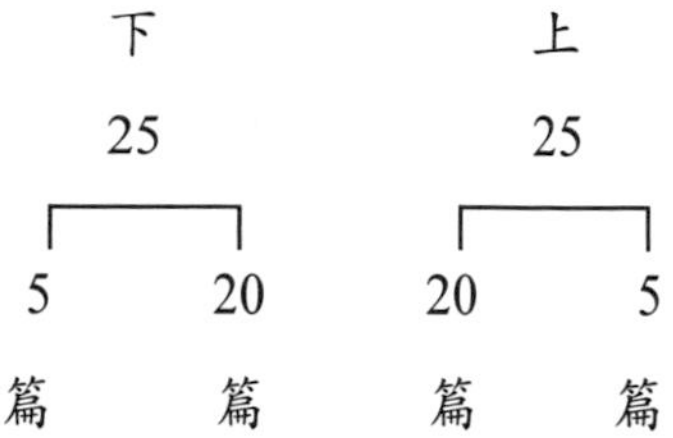

上
25
5篇　20篇

下
25
20篇　5篇

上篇討論「已有的文章」，完整、十分清楚；下篇討論「未寫的文章」以及如何寫的問題，下篇複雜，有次序相亂的。下篇首言《主術》，就是「雕龍」，就是技巧論。《史傳》只是談文學史。然後是作家論，而後是《知音》，談讀者。最後是《序志》。【註】

【註】夢鷗師云：「從其（《文心雕龍》）用心結構其篇章看來，已是前無古人了。」（《奧秘》，頁二二〇）至於夢鷗師對《文心雕龍》一書結構的詳細分析，可詳參《奧秘》，頁一五～二三。

【互參】三・六。

一二・二九

初唐時，《文心雕龍》五十篇分為十卷，從《隋書．經籍志》開始的諸史志可知【註一】。《程器》是在第六或第七卷，可能在最後一章，所以容易斷裂，但很難斷定。……下篇有錯亂，《物色》應與《事類》相連，《隱秀》應放在《夸飾》之後，《養氣》應放在《神思》之後【註二】。養氣就是要「沉住氣」，運用思想時，還須同時養氣，養氣要來自「常寫」。

【註一】《隋書・經籍志》載：「《文心彫龍》十卷。」（《隋書》，第四冊，頁一〇八二）

【註二】夢鷗師認為今通行本《文心雕龍》下編的次序錯亂，劉勰在《序志篇》說：「至於剖情析采，籠圈條貫：摛神性，圖風勢，包會通，閱聲字；崇替於時序，褒貶於才略，怊悵於知音，耿介於程器，長懷序志，以馭群篇；下篇以下，毛目舉矣。」（范註《文心》，頁七二七；《奧秘》，頁一二二）夢鷗師認為這是他自述「後半部的編寫計畫」，據此，並參看各篇內容間的關係，推考其下編原次應是：

一、摛神性：神思、養氣、體性。

二、圖風勢：風骨、情采、定勢。
三、包會通：通變、鎔裁、附會。
四、閱聲字：聲律、練字、章句、麗辭、比興、夸飾、隱秀、事類、物色、指瑕、總術。
五、餘論：時序、才略、知音、程器、序志。（參《奧秘》，頁一二九～一三六）

【互參】三・六。

一二・三〇

「蓋《文心》之作也，本乎道，師乎聖，體乎經，酌乎緯，變乎騷；文之樞紐，亦云極矣。」這一段，周振甫的翻譯有問題，大意似乎不錯，但這只解釋了劉勰自己為什麼寫前五篇。周振甫沒把《騷》翻譯好，《騷》其實是「變」的開始。《騷》，上承《詩》，下開賦——「衣被詞人，非一代也」，就是混合現實與想像。【註】

【註】 這裡，夢鷗師認為對《序志篇》「變乎騷」一語，周振甫的《文心雕龍注釋》未能明確切中它的重點。「變乎騷」，周的譯文是「在變化上參考楚騷」（里仁版，頁九二八；中國青年版，頁

七四九），在「說明」中，周說：「又要求文辭因時變化，所以『變乎騷』。」（里仁版，頁九二四；中國青年版，頁七五五）夢鷗師引《辨騷篇》「衣被詞人，非一代也」的話，說明劉勰認為楚騷在中國文學史上居於承先啟後的關鍵位置。按：周振甫的解法或不能說是錯誤，夢鷗師也說其「大意似乎不錯」；問題似在周說只側重在表面的意義，即夢鷗師所謂「這只解釋了劉勰自己為什麼寫前五篇」。「變乎騷」應有「取變於騷」的蘊義，楚騷之所以承《詩》開賦，主要在其充分發揮想像的特質。

【互參】一六・一三。

一二・三一

語言由實用起，變為歌唱，就是想像。

一二・三二

「經」出於現實，有此事，故有此情。「緯」出於想像，但純由想像就無從溝通，緯也須抓到一些現實的東西。所以經、緯並重，不過要「正緯」——說得通，可以保留，怪誕的則要去掉。加上「緯」，則文章有趣味性。劉勰的思想極現代。【註】

【註】夢鷗師云：「《文心雕龍》作者對於緯書保持著這樣的保留態度，因而，最後制訂其實用價值時，則認為與其把神話當作歷史的事實，從中攝取其實貴的教訓，不如當它是作文的材料，欣賞先民豐富的想象。而且事實亦確然如此，後代的作家就常常透過這些想象以構造他們的作品。」（《奧秘》，頁四〇）

【互參】七・五。

一二・三三

《辨騷》、《正緯》都不是「一面倒」，而要有所選擇，不要忘了《宗經》。

【互參】七・五。

一二・三四

劉勰的《文心雕龍》是「文學縱橫論」，每一篇都如此，用的就是「原始以表末」、「釋名以章義」、「選文以定篇」、「敷理以舉統」——這是史學的方法。【註】

【註】夢鷗師云：「綜觀其〔劉勰〕論文敘筆所揭示的四個重點，在前後二十篇中，雖不是刻板的一一說來，甚至於不用同一的寫法。然而每篇之中必兼具這四層意義的陳述，則十分一

致。揆其所以，很可能是他先在定林寺為僧祐編撰佛書總目所定的條例影響。因為那總目是參照釋道安的『經錄』，分為『撰緣起』、『詮名錄』、『總經序』、『述列傳』四部份……。」（《奧秘》，頁二二）

【互參】四・九；六・一〇；一三・一；一三・八。

一二・三五

《文心雕龍》全書用「詩人」、「辭人」兩個詞兒，分得非常清楚，絕不混淆。至《騷》，則由詩人變成了辭人，辭人求好看，由純粹詩人的文學變成讀書人的文學，亦即由詩人文學變到辭人文學。【註】

【註】「詩人」、「辭人」的區別，始自揚雄《法言・吾子》所說的「詩人之賦麗以則，辭人之賦麗以淫」（《法言義疏》，上冊，頁四九），而劉勰《文心雕龍》沿之。夢鷗師多篇文章中討論了漢代以後文學「辭賦化」、「遊戲化」的走向，其中的關鍵即在屈原，夢鷗師云：「依劉勰的看法，濫的根源（威按：指《文心雕龍・情采》所謂「後之作者，採濫忽真，遠棄

風雅，近師辭賦」之「濫」），本即包含在楚辭中，連那辭賦之宗，屈原的作品亦不在例外。他在《辨騷篇》分析屈原的作品有四點與風雅相同，或者這就是他所謂『受命於詩人』的地方，但也有四點不同於風雅的，則可肯定那就是後人『拓宇於楚辭』的。」至於騷之異於風雅者，夢鷗師云：「如果《離騷》沒有那些特色而全同於經典，則將在經典之下黯然失色；正因其能發揮其豐富的想像力，虛構許多獨創的偉辭，才被歷代文論家共同首肯，尊為文學巨著。」（《實踐》，頁二四）關於屈原、宋玉之別，夢鷗師云：「同是辭賦之宗，倘就寫作動機看，屈宋的辭賦，應有區別。前者是自鑄偉詞以寄愁牢，後者乃是循風取巧，遊戲筆墨。」（《漢魏六朝文體變遷之一考察》；見《論衡》，頁七七～七八）、「屈原與宋玉亦須分別看待，前者，有的是他的血淚篇章；而後者則多屬遊戲筆墨。」（《從士大夫文學到貴遊文學》；見《論衡》，頁一六）此外，夢鷗師並云：「他〔劉勰〕把屈原的地位定為『軒翥詩人之後，奮飛辭家之前。』又把賦的來歷說成『受命於詩人，拓宇於楚辭。』然而劉勰這樣的看法。並非出於他個人的臆見，而是承接兩漢以來共同的認識。」並謂劉勰斷言「宋發巧談，實始淫麗。」是把屈原上接於「詩人之後」，而將宋玉視為「辭人之始」。（《陸機文賦所代表的文學觀念》；見《探索》，頁一〇五）相關的討論亦見諸《貴遊文學與六朝文體的演變》（《探索》，頁一一二）。

一二・三六

周振甫的《文心雕龍注釋》中〈對《梁書・劉勰傳》的注釋〉，注6錯了【註一】。蕭宏為太祖〈蕭順之〉的兒子，這卻變成梁武帝的第六子，其實他是第六個弟弟。梁武帝廟號高祖。注7，「太末：今浙江衢縣。」太末應在浙西，《南齊書》把它編入東陽郡，過去稱為金華府，其中有很多縣【註二】。《徵聖》頁二十三的註15，等於沒有註，與本文所提論文無關，卻提到論政、論詩，匡衡的典也沒有注出來，劉勰指的是劉向的「書錄」，如：《戰國策》等的《序錄》【註三】，匡衡的部分可見於他本傳所提到的【註四】。

【註一】指周振甫所註：「中軍臨川王宏：蕭宏，梁武帝第六子。」（里仁版，頁六五）今按：周氏此書後收入《周振甫文集》，原文相同（見其第七卷，頁六一），蕭宏實為蕭衍同父異母之弟。

【註二】太末之編入東陽郡，見《南齊書》，第一冊，頁二四六。一九四九年後，浙江衢縣的行政區劃變動頻繁，二〇〇一年撤銷衢縣，設立衢州市衢江區，並調整衢州市市轄區。

【註三】《戰國策》的《序錄》，可參《戰國策》（下冊，頁一一九五～一一九九）；《別錄》的佚文彙輯，可參《問經堂叢書》，第五函，收錄於《百部叢書集成》（第三八輯）。

【註四】《文心雕龍・徵聖》「是以（子政）論文必徵於聖，（稚圭勸學）窺聖必宗於經」，周振甫注云：「是以：以是，因此。宗：宗法，效法。『子政』及『稚圭勸學』六字，楊慎補，據孫引唐寫本刪補。子政，前漢劉向的字，他通經術，屢次上書論時政得失。稚圭，前漢匡衡的字，他善說詩，能解人頤（使人發會心的微笑）。」（里仁版，頁一三；中國青年版，頁八七）《徵聖篇》所謂「（稚圭勸學）窺聖必宗於經」，依夢鷗師之意，「勸學」當指漢成帝即位後，匡衡所上之疏，《漢書》匡衡本傳載：「元帝崩，成帝即位，衡上疏戒妃匹，勸經學威儀之則……。」後並引錄疏文，其立說確宗於經書（《漢書》，第一〇冊，頁三三四一～三三四四）。又，夢鷗師對註釋古書的標準，較一般為嚴，此可參其《讀唐人小說隨筆》一文（《論衡》，頁二二〇～二二三）。

一二・三七（補）

《文心雕龍・時序篇》是劉彥和的文學史觀，文學外在變，內在亦變。

一二・三八〔補〕

《文心雕龍・時序篇》「爰至有漢……」一段【註一】，是說漢代文學之興替決定於君王之好惡，上好何體，則下好之，此即所謂「祿利使然」【註二】。

【註一】《文心雕龍・時序篇》的整段論述是：「爰至有漢，運接燔書，高祖尚武，戲儒簡學，雖禮律草創，《詩》、《書》未遑，然《大風》、《鴻鵠》之歌，亦天縱之英作也。施及孝惠，迄於文景，經術頗興，而辭人勿用。賈誼抑而鄒枚沉，亦可知已。逮孝武崇儒，潤色鴻業，禮樂爭輝，辭藻競騖：柏梁展朝讌之詩，金隄製恤民之詠，徵枚乘以蒲輪，申主父以鼎食，擢公孫之對策，歎倪寬之擬奏；買臣負薪而衣錦，相如滌器而被繡；於是史遷壽王之徒，嚴、終、枚皋之屬，應對固無方，篇章亦不匱，遺風餘采，莫與比盛。越昭及宣，實繼武績，馳騁石渠，暇豫文會，集雕篆之軼材，發綺縠之高喻；於是王褒之倫，底祿待詔。自元及成，降意圖籍，美玉屑之譚，清金馬之路。子雲銳思於千首，子政讎校於六藝，亦已美矣。爰自漢室，迄至成哀，雖世漸百齡，辭人九變，而大抵所歸，祖述楚辭，靈均餘影，於是乎在。自哀平陵替，光武中興，深懷圖讖，頗略文華，然杜篤獻誄以免刑，班彪參奏以補令，雖非旁求，亦不遐棄。及明章疊耀，崇愛儒術，肄禮壁堂，講文虎觀，孟堅珥筆於國史，賈逵給札於瑞頌；東平擅其懿文，沛王振其通論，帝則、藩儀，輝光相照矣。自和安已下，迄至順桓，則有班傅三崔，王馬張蔡，磊落鴻儒，才不時乏，而文章之選，存而不論。然中興之後，群才稍改前轍，華實所附，斟酌經辭，蓋歷政講聚，故漸靡儒風者也。降及靈帝，時好辭制，造羲皇之書，開鴻都之賦，而樂松之徒，招集淺陋，故楊賜號為『驩兜』，蔡邕比之『俳優』，其餘風遺文，蓋蔑如也。」（范註《文心》，頁六七二～六七三；《奧秘》，頁二三六～二三九）

【註二】「祿利使然」，本於班固《漢書・儒林傳》贊語之「蓋祿利之路然也」，見《漢書》，第一一冊，頁三六二〇。

一二・三九（補）

《文心雕龍・時序篇》：「暨皇齊馭寶，運集休明：太祖以聖武膺籙，高祖以睿文纂業，文帝以貳離含章，中宗以上哲興運，並文明自天，緝遐景祚。今聖歷方興，文思光被，海岳降神，才英秀發，馭飛龍於天衢，駕騏驥於萬里，經典禮章，跨周轢漢，唐虞之文，其鼎盛乎！鴻風懿采，短筆敢陳；颺言讚時，請寄明哲。」（范註《文心》，頁六七五；《奧秘》，頁一三六）話中的「皇齊」與「今」不是一時所寫，所指也不是一回事。南齊和帝（蕭寶融）也不配稱「文思光被，海岳降神，才英秀發，馭飛龍於天衢，駕騏驥於萬里，經典禮章，跨周轢漢，唐虞之文，其鼎盛乎」，和帝就是蕭衍用的傀儡，先做相國，後在江陵立為帝，與東昏侯相抗。蕭坦之與另一老臣（徐孝嗣）除掉了以前亂七八糟的王（蕭昭業，諡鬱林王），劉勰這時在京城，故言「聖歷方興」。然九月後，蕭寶卷殺了蕭坦之等，故稱為東昏侯，這可參胡三省注的《資治通鑑》【註一】。用這樣的說法乃有歷史背景，這個皇帝做了一番文化事業，而有一批很好的幫手，並開科取士，這可參考齊和帝連續之詔書——此在永泰元年八月之後，次年為永元年；九月，皇帝才露出本色【註二】。這之間即《時序篇》的著成時代。【註三】

【註一】事見《資治通鑑・齊紀八》（卷一百二十四，第八冊，頁四四五一）。

【註二】夢鷗師云：「這『聖歷』二字是否可指齊和帝之前的永元？據《東昏侯本紀》，他於即位之初，有徐孝嗣蕭坦之等老臣輔政，還頒發了『辨括選序，搜訪貧屈』的詔書；第二年改元永元，又頒詔『研策秀才，考課百官』；再據同書《禮志》的紀錄，他於即位之頃，也曾順從『周漢之盛範』舉行過廟見之禮。如果這表面文章可湊合『文思光被』而徐蕭二老臣亦可比附於『維岳降神』生下甫侯申侯夾輔王室的頌語；然而東昏侯表裡異趣，轉眼即原形畢露，幾月後，徐蕭二人相繼被殺，這『永元』也變成南齊史上的一頁黑曆。那時劉勰方當壯年，當不至如此瞎捧，欺騙後人。因此，很可疑他之使用『聖歷方興』四字，或寓有易代改曆之意。然則所謂『今』者，當指蕭衍即位為梁帝，改南齊之『中興』為梁之『天監』的時代。二者雖同是中興二年（五〇二）的事，而特標『今』之一字，便明示『聖歷方興』以下是與上段『皇齊馭寶』分開來說。皇齊馭寶之後，他順敘四主，其中不屬鬱林王海陵王兩個被廢黜的君主；同一理由，於高宗以下也不列東昏侯與齊和帝兩個被廢黜的帝王，於是接以『今聖歷』便只有梁天監了。」（《文心雕龍成書年代質疑》；《論衡》，頁五九）

【註三】夢鷗師云：「劉勰寫宋齊二代文學，不僅苟簡，且多與史實不合，雖然他是宅心仁厚，為當時的暴君惡主隱惡揚善，使用許多好字面在他們臉上貼金，這算是為『君父諱』，情有可原；然而最後把齊和帝，寫成『才英秀發』又說他經典禮章，『跨周轢漢』，不免是睜著眼睛對後代讀者說瞎話了。倘把這一階段的史料來複按，那和帝蕭寶融只是梁武帝蕭衍所利用的小傀儡，他被蕭衍派人弄死的時候才不過十五歲，而且他登位的地點是在荊州，這皇帝始終沒有踏進京城一步，如何能有馭龍於天衢？而劉勰自己是在首都定林寺，那和帝僅從荊州進發到姑熟即被廢，被殺，劉勰看到這樣的『經典禮章』而說是『跨周轢漢』，倘不是意存反諷，那就顯見他所稱頌的不是那位孩皇帝，而是蕭衍。如果這裡所謂『今聖歷方興』以及

『海岳降神』等等，都指的是蕭衍，則於理可通，因劉勰自齊入梁，即起家奉朝請，他在梁朝活了一二十年，還做了官，即使《文心雕龍》是寫成於齊代，但這幾句話必然是入梁之後寫的。因此所謂今之『聖歷方興』應指的是梁武帝天監元年或二年。不然，這些語句按在蕭寶融頭上，他做了鬼亦要受寵若驚的。這是較為切實的判斷，所以應把《文心雕龍》寫成的年代置於梁初。」（《奧秘》，頁一三七～一三八）對《文心雕龍》成書時間，夢鷗師認為清末劉毓崧《書文心雕龍後》的考證每見學者引為確定不移之論斷，但其中可議之處猶多，劉毓崧認為：劉勰雖是梁人，但《文心雕龍》則是完成於南齊之末，夢鷗師重加考榷，認為其書之問世乃在梁時，其於《文心雕龍成書年代質疑》專文中稽之甚詳，可逕參讀（《論衡》，頁五六～六一）。

一二・四〇〔補〕

《文心雕龍・時序篇》「曠焉如面」的「曠」應作「曖」，彷彿之意。

第一三講

❖本篇重點在《文心雕龍》「文心」一詞之指涉；乃夢鷗師評學生《劉勰的文「心」試探》報告所論。

一三・一

佛教就是要打破「心」，打破這個障礙，劉勰說的「心」若是指這個【註】，則「文」亦不可求了。

【註】學生報告引《華嚴經・華藏世界品》偈語：「如幻師呪術，能現種種事，眾生業力故，國土不思議。譬如眾繢像，畫師之所作，如是一切剎，心畫師所成。眾生身各異，隨心分別起，如是剎種種，莫不皆由業。譬如見導師，種種色差別，隨眾生心行，見諸剎亦然。」（按：此段引文，見《華嚴經》，頁四九）並謂：「彥和的『文心』，毋寧說，比較接近釋氏的這層境界吧！」夢鷗師不同意，遂為諟正。

【互參】四・九；六・一〇；一二・一〇；一二・二〇；一二・三四。

一三・二

西洋人喜歡《文心雕龍》，即因《原道篇》有「心生而言立，言立而文明」的話。

【互參】三・九；五・一三；七・一七；一二・一二。

一三・三

文學是一種藝術，就是語言的藝術【註】，就是「嘴巴的藝術」；亦是藝術的語言。

【註】夢鷗師云：「『文學』一詞，現代的意義接近於『語言藝術』（wortkunst）。」他認同韋禮克（René Wellek，又譯韋勒克）《文學論》中所謂：「德文wortkunst與斯拉夫語之solvesnost，這兩個字相等于英語中之literature，但其涵義卻勝于英語之『文學』一詞。」

（《實踐》，頁六八、六四）針對「語言的藝術」這個概念，夢鷗師曾進一步分析：「語言是它的本質，藝術是它的效用。」、「那效用必然是那本質所固有的設計，亦即，本質中含有某種設計然後那本質始能發生它應有的效用。因此，我們不把任何語言都當作藝術，也就是說：被紀錄的文章未必都是文學作品。」（《實踐》，頁三一）

【互參】一四・三。

一三・四

語言是符號的一種，劉勰前面的話（「心生而言立，言立而文明」）就道出了，這往下推，就是「記號學」，往上推，就是「內聽」——洋人謂之inner speech。任何理論都靠內聽的符號、內在的語言。思想一成立，就是語言，換句話說，思想靠語言成立，空氣當中充滿了語言，就是充滿了思想。【註】

【註】夢鷗師云：「劉勰的《文心雕龍》開宗明義就說：『心生而言立，言立而文明，自然之道也。』這裡，把語言與心理作用的關係已有精到的看法，較諸近代學者推論語言的發源，並

無遜色。」並引述蘇秀爾《一般語言學原理》（F. Saurrure:Cours de linguistique generale；今多譯為索緒爾《普通語言學教程》）第一篇第四章語：「從心理學的觀點看來，我們的觀念，倘無語言為之表現，幾乎是一種極茫昧的狀態。所以哲學者和語言學家一向認為此一觀念與彼一觀念之間倘無語言為之記號，則不能有所區別。因為觀念本似渾沌的星雲，其中既無一定的界限也沒有固定的意義，在語言未出現之前，我們內心幾乎無一顯然的事物。此渾沌的觀念，其漫無界限的平面，與聲音游移不定的平面，因不斷接觸而生分界，其情形略如空氣與水之遭遇，水面波紋乃隨大氣壓力之變動而變化。渾沌之心合於聲音材料而形成觀念。故觀念為聲音所凝住而聲音乃觀念的記號。」又引述今田惠《現代心理學》第九章：「語言為觀念之符號，亦為思考最有力之工具，現代心理學者或竟改名『思考』為『潛在語言行為』（implicit language behavior）或稱之為未外射的『內在的說話』（inner speech）。約翰瓦特生（John Watson）稱思考為『未發聲的說話』（sub-vocal speech），一九二〇年曾引起一場論戰……」夢鷗師歸結說：「一切的思想，實際只是內在的『組詞』活動了。」

（《實踐》，頁六六～六七、六八～六九）

【互參】三・九；五・一三；七・一七；一二・一二

一三・五

文學理論可分三部分，即：心理分析、語言學、哲學。這三方面結合，即心理語言的問題，這也就是劉勰《原道篇》所提出來的【註】。

【註】此乃針對《文心雕龍・原道篇》「心生而言立，言立而文明」的說法而發。

一三・六

文學語言的研究有實驗的精神，去做大腦試探、語言試探——詩話最喜歡研究這個而有參考、啟示的作用。要仔細去「參」它，參出道理來。

【互參】二・一一；五・一四；五・一六；一二・四。

一三・七

語言不同，則理論絕不能借用；所以，洋人的理論不能隨便借用。【註】

【註】按：對夢鷗師這個看法，要避免望文斷章，不能理解為：甲、乙二文化體的語言不同，彼此遂須摒斥對方的理論。換言之，不能逕自截取前一句，視為全稱命題。實則依發論之原語境，夢鷗師的語意潛含省略，意思是：若某理論內涵本身的建構即已指涉其所對應的特定語言，那麼，系統與特性異於其所對應語言者，不宜援以硬套，否則難免如宋玉《九辯》所謂「圜鑿而方枘兮，吾固知其鉏鋙而難入」。

【互參】一二・三。

一三・八

《文心雕龍》有沒有用到佛經？有沒有受到佛經的影響？自然有影響。但，這書是不是藉著佛經談他的思想？的確很值得探討：一、「心」的活動，最高的境界是「般若」，劉勰既寫《文心雕龍》，自不免受影響，他受佛經影響，無可否認；二、《文心雕龍》極有條理，是以前所沒有的，功不可沒；而十代資料亂七八糟，若簡單地說，就是一個「心」字，可是很難處理、很難說得頭頭是道。但劉勰編此，並非他自己發明的，因為他替僧祐編佛經目錄，是為了他作提要——《出三藏記集》——的目的，那是依據道安的辦法編成的，這〔個經驗帶來的影響〕只是表面的，未必深入其中。換句話說，《文心雕龍》與「佛教」有關，而與「佛學」談不上關係，真正牽涉到的是儒、道的思想。劉勰的《文心雕龍》不可能一點都不受佛書的影響，但卻是非常表面的，用不著去鑿它。

【互參】四・九；六・一〇；一二・一〇；一二・二〇；一二・三四。

一三・九

《文選．序》是破天荒的【註】，把過去各種的文學觀念都打破了。

【註】這主要指文中「事出於沈思，義歸乎翰藻」的概念（《文選》，頁二）。

【互參】三・八。

一三・一〇

劉勰在蕭統集團不是很重要的人，但蕭統很喜歡他，因為他能文，如：當時寫碑的，不是大官就是大文豪，劉勰都不是，卻為許多和尚寫了碑，原因就是他的文章寫得好。

【互參】一二・二二；一六・六。

一三・一一

僧祐是當時的「和尚頭」，當時貴族信佛教的很多，尤其蕭家。僧祐主持定林寺，蕭衍的六弟臨川王蕭宏皈依佛的時候拜僧祐為師父，蕭衍的母親也拜僧祐為師。故可推測劉勰乃是藉著僧祐的路走出來，也因此要等到齊代，這本書才出來。蕭衍未打入南京以前，劉勰無由得見，他還在定林寺，後來拿書給沈約看，至少要到天監之時，沈約固然說他好，但實亦不必，單以僧祐和梁太后、蕭統、蕭衍等的關係，就足以成為劉氏的仕進之路了。蕭宏與蕭衍兄弟關係極好，這可從史書上印證，劉勰作臨川王舍人乃因蕭宏的關係【註】。

【註】 夢鷗師云：「……本傳說他（劉勰）『天監初（五〇二）起家奉朝請，中軍臨川王宏，引兼記室。』這裡使用『引』字，益可想見其起家入仕第一是由蕭宏的汲引了。」（《奧秘》，頁七）

【互參】一二・一八。

一三・一二

劉勰的出仕觀念就在《程器》一篇，要能獨善其身並兼善天下，這一篇固在勉勵一般的文學家，也在自勉——有意思要出來做官。劉勰寫《文心雕龍》時，恐怕年輕而怕消極的、退縮的、素的，所以作夢，不夢釋迦而夢仲尼【註】。這書是實實在在的，為了投身現實，故言仲尼。他出家是後來的事，兩回事！

【註】這是依據《文心雕龍・序志篇》的敘述，當中，劉勰自道：「予生七齡，乃夢彩雲若錦，則攀而採之。齒在踰立，則嘗夜夢執丹漆之禮器，隨仲尼而南行；暨旦而寤，迺怡然而喜；大哉聖人之難見也，乃小子之垂夢歟？」

【互參】一二・二三。

一三・一三

劉勰沒有用印度思想，他用的幾個術語是讀「書皮」而來的。

【互參】一二・三四。

一三・一四

「步兵校尉」乃是空銜優差，待遇甚好，屬於貴族弟子所享【註】；蕭家給劉勰這個待遇，劉勰還要出家，恐怕就是對政治灰心而消極。

【註】夢鷗師云：「杜佑《通典・職官》云：通事舍人為太子庶子屬官『掌宣傳令旨，內外啟奏。梁亦有之，視南臺御史，多以餘官兼職。』然後人習慣以此兼職稱劉勰為『劉舍人』，或因其較『步兵校尉』尤合於他的身份。步兵校尉，自魏晉以下依循後漢之制，為五校尉之一。

《文獻通考》卷六四云：『五校，官顯職閒，而府寺寬敞，輿服光麗，伎巧必給，故多以皇族肺腑居之。』如或梁世情形相同，則劉勰當時以步兵校尉兼通事舍人，亦可算是皇族肺腑所以有此『優差』。」（《奧秘》，頁一〇）

【互參】四・七；一二・二三。

一三・一五

《滅惑論》也是很表面、很膚淺地批評道教，並不很深入。

【互參】三・八；一二・二六。

一三・一六

「儒」和「道」經過名士清談，已混合了，劉勰談它，亦受當時風氣使然。

第一四講

❖本篇重點在《宗經篇》；乃夢鷗師評學生《劉勰「宗經」觀念試探》報告所論。

一四・一

最怕作詩的人寫論文，因為詩人喜歡用比興，二也是一，三也是一。【註】

【註】夢鷗師一九九〇年接受專訪時，云：「現在的人做創作不需要什麼文學理論、文學背景，有時候是反應快、有時候依靠會說話，腦筋跑得快、有點天才就能創作，這跟研究學問必須下功夫，和我一樣笨的人一字、一句的讀是完全不同的。」、「我覺得一個做學問的人，要講話的時候一定要有根據，不能亂說，要對自己說的話負責任，所以像我，就是對文學理論而言，仔細的去求證，不能知其一而不知其二，必須全面的引證才行……。」（馬銘浩：《一字一句下功夫——嚴謹治學的王夢鷗教授》訪問稿，一九九〇年五月三日《中央日報》第十七版）

【互參】五・一〇。

一四・二

能「宗經」，則能懂文章的大體。【註】

【註】夢鷗師云：「它（經書）是中國文章的祖型或母體，世代相承，凡百文章皆由它孳乳而出。他（劉勰）認為後來的論說辭序之文，其研判事理是循著《易經》的寫法發展起來的；其他各種公文書牘，都可以在《書經》裡找到原始的形式；賦頌歌讚等等有韻之文，《詩經》已為它們定下了榜樣；銘誄箴祝的體例在《禮》經裡便常常用到，而敘事的史傳與史傳所記載的盟約檄文，在《春秋》經傳裡都有它們的模式。所以後世的文章，品名雖似繁多，但是寫來寫去，終不出經書所已有的範圍。」（《奧秘》，頁二二八）

一四・三

經學早已分派——至少在漢代，今文學派認為經中大有道理，而古文學家認為那裡面的是先民的經驗；前者為「哲理觀」，後者為「史料觀」。到劉勰，才開始從文學角度去看，這是非常奇怪的，他的書不談思想，只談文章，這一點很不容易【註】。

【註】 夢鷗師常強調文學是「語言的藝術」，故著重從語言（包含文字）去探討文學作品，而不從思想層面去討論，在夢鷗師早期的著作中即謂：「文學與思想的關係密切，過去且佔著批評之重要部分。本世紀（二十世紀）因科學分工愈趨細緻，故此等不單關係到文學身上的思想問題，除了鐵幕國家，就不大為純粹的文學批評所注重，因為思想問題的範圍牽涉太廣，或至於沒有邊際……。」見其《二十世紀初期的文學批評》（《論談》，頁九九）。

【互參】二・一五；六・七；一三・三。

一四・四

《宗經》中的那一段是漢末王粲《荊州文學志》中所寫的【註】，王粲那篇文章並不談經的問題，而是談文學的問題。

【註】此所指的段落是《宗經篇》所云：「夫《易》惟談天，入神致用，故《繫辭》稱旨遠辭文，言中事隱；韋編三絕，固哲人之驪淵也。《書》實記言，而訓詁茫昧，通乎《爾雅》，則文意曉然。故子夏歎《書》『昭昭若日月之明，離離如星辰之行』，言昭灼也。《詩》主言志，詁訓同《書》，摛風裁興，藻辭譎喻，溫柔在誦，故最附深衷矣。《禮》以立體，據事制範，章條纖曲，執而後顯，采掇片言，莫非寶也。《春秋》辨理，一字見義，五石六鷁，以詳略成文；雉門兩觀，以先後顯旨；其婉章晦志，諒以邃矣。《尚書》則覽文如詭，而尋理即暢；《春秋》則觀辭立曉，而訪義方隱。此聖人之殊致，表裡之異體也。」（范註《文心》，頁二一～二二；《奧祕》，頁二四～二五）夢鷗師指那段話出於王粲《荊州文學志》，其或本於范文瀾《文心雕龍注》之說，范說則又承其師陳漢章說，范氏引述其

師語曰：「《宗經篇》『易惟談天』至『表裏之異體者也』二百字，並本王仲宣荊州文學志文。」范氏云：「案仲宣文見《藝文類聚》三十八，《御覽》六百八。《文史通義・說林》曰：『著作之體，援引古義，襲用成文，不標所出，非為掠美，體勢有所不暇及也。亦必視其志識之足以自立，而無所藉重於所引之言；且所引者並懸天壤，而吾不病其重見焉，乃可語於著作之事也。』《法言・寡見篇》：『說天者莫辯乎《易》。』」（范文瀾：《文心雕龍註》，頁二一六）

一四・五

〔用字〕「奇」到極點，就是「看不懂」——劉勰就是怕這個，當時文人個個爭字的奇妍而不顧大體。【註】

【註】此可參夢鷗師《劉勰論文的特殊見解》一文（見《探索》，頁一五三～一八一）。

【互參】一・八。

一四・六

新奇的思想不在亂七八糟的奇字上，而應該清清楚楚地寫出來。

一四・七

文章超過「常式」就看不懂了，如果以極艱難的字去寫淺陋的意思，有什麼用？

【互參】一一・九。

一四・八

劉勰不反對「豔」——美麗，但怕流弊——「楚豔漢侈，流弊不返」（語見《宗經篇》：范註《文心》，頁二三二）。

【互參】五・一六；六・五。

一四・九

三國、六朝文，愈往後愈不得體。《六朝文絜》，清人注得吃力，因為典故拐彎抹角。《昭明文選》則是當時一些人選出來的，自然比較雅正。

【互參】五・一六；六・五。

一四・一〇

經者常也，平淡無奇。

一四・一一

編《書經》的人很有意思、很懂儒家的意思，《堯典》放在第一——「克明俊德，以親九族。九族既睦，平章百姓，百姓昭明，協合萬邦……」【註一】，「克明俊德」講從自己做起，之後講大同。《舜典》則不同，其中，要皋陶等作五刑，以禮、刑來雕琢人的情性【註二】。從這兩篇典，就可以看出社會進步到了這個境地。人類文明靠禮法支持，禮法靠什麼？即「雕琢情性」，故文字有神，所以可以做為典範。

【註一】見《尚書正義》，頁二〇。

【註二】《尚書・舜典》云：「帝曰：『契，百姓不親，五品不遜。汝作司徒，敬敷五教，在寬。』帝曰：『皋陶，蠻夷猾夏，寇賊姦宄。汝作士，五刑有服，五服三就；五流有宅，五宅三居：惟明克允。』」見《尚書正義》，頁四四。

一四・一二

文體，全都和應用對象有關。

一四・一三

《原道篇》說的「雕琢性情」（范註《文心》，頁二一；《奧秘》，頁一九）不是一種很簡單的意思。經書不是作文章，而是雕琢情性，因為人性不雕琢就是動物，人由野蠻進入文明就是靠這個。

第一五講

❖本篇重點與前第六講同，在《正緯》、《辨騷》兩篇；乃夢鷗師評學生《劉勰論〈正緯〉、〈辨騷〉篇》報告所論。

一五・一

不宜把《文心雕龍》的前五篇剖為兩部分。【註】

【註】學生報告中引述王更生語：「《正緯》、《辨騷》兩篇之設，可以說是劉彥和最大特識，為千古文論家所不及。如果我們把《原道》、《徵聖》、《宗經》三篇當成一組，屬於正面明揭劉彥和的『宗經論』的話，那麼這兩篇便是另一組，屬於反面開示劉彥和鍼俗、衛道的精神，兩方面雖都集中在宗經上，而表現的手法卻剛好是相背的角度。」夢鷗師的表達係針對這段話。王更生的敘述，出於其《文心雕龍研究》（頁二八七）。

一五・二

漢武帝之後，因為皇帝權力太大，臣子不敢直言，所以儒者藉「天」進言，來壓皇帝，於是用陰陽五行去說。今文家以齊學為主，多是陰陽五行家、燕齊方術之士【註】。

【註】夢鷗師說鄒衍五德之說流傳到後代，文獻材料相當雜駁，即司馬遷所見、劉向所編校的亦然，這些書——「在西漢齊學盛行的時候，又與所謂今文經師的學說相混合，尤其陰陽五行變異部份，化為正統的儒書而流傳，到了東漢，一變而為讖緯之書，再變而為道教之書」（《鄒衍遺說考》，頁一四三～一四四）。

一五・三

今見的緯書不是劉勰所看見的緯書，今天看到的多非（《正緯篇》所謂）「事豐奇偉」之作。

【互參】一六・二。

一五・四

「酌」緯，指選擇性的接受——這就是通變。

一五・五

劉勰的思想，通貫《文心雕龍》全書去看，沒有什麼大毛病。

一五・六

「性靈」的「性」指天生的，「靈」即智慧、智能——合理的生活經驗；「性情」則關於情緒的部分多。【註】

【註】學生報告引述徐復觀之意見——「性靈就是性情」，夢鷗師謂該說法「歪曲」並做此說明。徐氏說：「他〔劉勰〕與一般經生不同的地方，在於他不僅說明五經有『象天地，效鬼神，參物序，制人紀』的價值；而尤側重於『洞性靈之奧區，極文章之骨髓』，及『義既極乎性情，辭亦匠於文理』；即是他主要是站在文學的立場來說明五經的崇高價值。文章出自性

靈，而五經則『洞性靈之奧區』，深澈到性靈的深微之地。性靈即是性情。五經所敷陳之義，皆極性情之真，極性情之正（『義既極乎性情』）；性情即是文章的骨髓，所以五經的文章，能極文章的骨髓。」見徐復觀：《文心雕龍淺論之六——文之樞紐》（《中國文學論集》，頁四二八）。

一五・七

「擘肌析理，惟務折衷」（語見《序志篇》：范註《文心》，頁七二七；《奧秘》，頁二六八），「折衷」就是將二元化為一元。【註】

【註】學生的報告中提到：「劉勰論文時，處處顯出『二元性』的討論方式。」並探討其本身「有無矛盾」，夢鷗師遂有此提醒。

一五・八

「取鎔經意，亦自鑄偉辭」（《辨騷篇》語）——「經意」，唐寫本作「經旨」，「旨」指作用；「偉辭」，唐寫本作「緯辭」，指緯中的神話等，是靠想像創造出來的，是它的藝術生命。

【互參】一六・一五。

一五・九

「雖取鎔經旨，亦自鑄緯辭」，劉勰只討論經書如何把腦中的想法清清楚楚地表達給人知道。

一五・一〇

「經」是祖先的生活經驗，講如何活下去。

【互參】七・一〇。

一五・一一〔補〕

所謂「緯」，有假有真。

一五・一二〔補〕

緯是原始人的生活經驗，所有的思想、觀念化為神話。但有了文字以後，聖人只記錄現實生活可用的材料，其他的一概不記。司馬遷寫《史記》，對許多神話，表示「薦紳先生難言之」【註】，這和孔夫子編經的觀念相同，因此把它去除了。所以聖人毀了美麗的神話資料，以致緯書所剩有限，而被後人妄造出來。

【註】 語出《史記・五帝本紀》，第一冊，頁四六。

一五・一三〔補〕

「酌乎緯」的「緯」，此緯未必指「緯書」，而是指「緯的故事」。

第一六講

❖本篇重點與前第六、第一五講同，在《正緯》、《辨騷》兩篇。

一六・一

《文心雕龍》中，最特殊的是《原道》、《徵聖》、《宗經》之後的《正緯》和《辨騷》，這合乎「史」的事實。

一六・二

漢代的緯書就是當時的經書，是齊學之作，屬於今文學，與它最密切的是《春秋》，但漢代的緯書不即是今天所見的緯書。劉歆認為齊學口說無憑，所以標舉魯學——古文學，哀、平前齊學經師的一些說法因此被刷掉了。

【互參】一五・三。

一六・三

今文家對政治的影響倒不大。劉勰看到的緯書和今天所見的不同，今天的是「假中有假」。當時的緯書裡可能有更多的神話，現在出土的一些資料中倒有些緯書的材料，此外，《神異經》等書當中，緯書材料很多。

一六・四

孔子不言「性與天道」，多言人事。後人的理是「推」出來的，很難說哪些靠得住，它沒有見證，慢慢推下來，緯書就產生了。

一六・五

秦的緯書是方士製造的。

一六・六

中國的墓誌銘也是詩人作的，其中除了官式的紀錄外，「想像」是不可免的，十個字裡至少七個字是假的【註】。

【註】 此即古代所謂溢美過實的「諛墓」之文，不僅為死者諱，更進而為之虛飾而稱揚，是極普遍的現象，名家如：漢代蔡邕、唐代韓愈，皆因此遭受譏評。

【互參】 一二・二二；一三・一〇。

一六・七

中國古代的「筆記」與「小說」分不開。

一六・八

《易經》說：「聖人以神道設教，而天下服矣。」【註】這是古人要借符命的力量，因為單藉武力不足以服人心。

【註】語出《周易》「觀」卦的彖辭，見《周易正義》，頁六〇。

一六・九

劉勰把緯書考慮進去，就是承認了神話與傳說。

【互參】六・八；九・七。

一六・一〇

劉勰認為「變」要有限度，以免產生流弊——「流弊不還」。

一六・一一

會寫文章的人，常根據對文字的曲解，而不是正解——這是詩人，所以有餘味。劉勰怕它走向訛誤，所以談得比較少，這是其流弊，到陳、隋成了時風。

一六・一二

變，西洋稱為「趣味之陀螺」【註一】，時尚（變）乃是隨著趣味而來，劉大杰拿了西方的變，寫進文學史，總有些扞格不入【註二】。

【註一】「趣味之陀螺」一說本於英國的E.E. Kellett（1864-1950），夢鷗師云：「劉勰《文心雕龍・通變》篇：『「設文之體有常，變文之數無方，……故能騁無窮之路，飲不竭之源。』又曰：『文律運周，日新其業，變則可久，通則不乏。』這與今人凱列特的《趣味的陀螺》及《文學的風尚》（E.E. Kellett：The whirligig of Taste；and Fashion in Literature）所提的見解相同。故克洛齊稱『語言為永遠的創造』（《美學原理》十八章）。」（《實踐》，頁一〇二）語中所提凱列特二書所討論皆與文學求變的問題有關，後一書全名為Fashion in Literature：A Study of Changing Taste。又，夢鷗師云：「這種新變舊而舊變新的輪流交替，有人竟把它譬喻作『圈兒』或『陀螺』，而謂文學批評的標準，就是這樣循環著。」並註美國學者項伯（F.P. Chambers：，威按：Chambers的s原漏）寫過《趣味的圈兒》（Cycle of Taste），後又發表《趣味的歷史》（The History of Taste）（《實踐》，頁二九九）。

【註二】對劉大杰批評之底蘊究竟為何，夢鷗師於課堂並未詳及，依個人推測，極可能是針對劉大杰撰寫文學史所強調的歷史進化觀點。檢讀夢鷗師的著作，未見相關討論，但從夢鷗師所看重而親與翻譯的《文學論》（此書由René Wellek、Austin Warren合著）考察，書中對取用生物進化論觀點去詮釋文學發展，顯然甚不苟同，並再三致意，如該書第五章謂：「在十九世紀的下半期，普遍文學的理想又在進化論的影響上復活了。……進化論給現代文學史留下很少的追索痕跡，而且當它在文學轉變和生物進化之間劃了一條太過接近的平行線時，便顯然不為人所相信，於是普遍文學史的理想也隨著沒落了。」同書第十九章亦謂：「我們必須擯斥文學演進和由生到死的關閉的進化過程間的生物學類比——但是後者並沒有完全絕跡，近來又被史賓格勒和湯恩比重新提起。……它的解決方法在於把歷史的進展過程和價值或標準連接在一起，只有如此，那些顯然無意義的事件系列始可分劃為主要的和非主要的部份。亦惟如此，我們說到歷史的進化時，始不至損及單獨事件的個性。……這種文學進化問題的討論必須是抽象的，它的目的是確定文學的進化是和生物進化完全不同，並且和趨向『一個』永久不變的模式的一致進化的觀念也毫無關係。歷史只有引用不同的價值標準才能寫出，而這些標準必須從歷史本身提取出來。」（夢鷗師與許國衡譯《文學論》，頁七八、四三三～四三四）這只是個人的理解，聊附繫於此。

一六・一三

劉勰認為文學之變，至《騷》已極。

【互參】一二・三〇。

一六・一四

劉勰《辨騷篇》中所說的「騷」並不是楚辭，他只指《離騷》——楚辭與《騷》是兩回事，後面的幾篇，劉勰認為是「流弊不還」，他所辨，只辨《離騷》一篇。

一六・一五

《文心雕龍》說的「取鎔經意」（范註《文心》，頁四七；《奧秘》，頁四三）與「自製瑋辭」，其中的「經」與「緯」相對——「瑋」應依唐代抄本作「緯」【註】，是特定的詞。「自製緯辭」即利用緯書而加以製造。

【註】　夢鷗師云：「緯辭二字據唐寫本與『經旨』對文。」（《奧秘》，頁四三）

【互參】一五・八。

一六・一六〔補〕

《文心雕龍・辨騷篇》：「才高者，菀其鴻裁；中巧者，獵其豔辭；吟諷者，銜其山川；童蒙者，拾其香草。」（范註《文心》，頁四八；《奧秘》，頁四四）其中的「鴻裁」指《知音篇》的

「六觀」等；「豔辭」包括了俏皮話、雙關語；「拾其香草」指偷幾個詞兒。任何作品對後代的影響都如此，所以說：「衣被詞人，非一代也。」《離騷》的心理、旨意只是忠君等，沒有什麼好談，所以只能談表達方式。其他無從談起，所以劉勰唯一不談的就是其心情。

【五參】八・一。

第一七講

❖本篇重點與第五講同，在《文心雕龍・體性篇》；乃夢鷗師評學生《淺論〈文雕〉的「情」》報告所論。

一七・一

劉勰對「體性」的瞭解，可能受到當時清談的影響【註】，這可以參考劉孝標注的《世說新語》。由清議發展而為清談，清談不做個人批評，而是做一般原理上的討論。

【註】夢鷗師云：「清談之影響文體，在其直接關係作家的構思與組辭。因為魏晉清談在辯論，形式上雖頗似戰國時代談風的復起，但按其論題，既非述道辨志，以個人獨得之見攻乎異端；而是摭拾古人既有的題目各逞其臆解。這種辯論，看來似很嚴肅，其實也是貴遊生活中一種變相的娛樂節目。而且談者汲汲於談辯之勝負，其性質尤近於博奕。其間如有什麼相異之處，那也是使用的工具不同，遊戲的方法稍異而已。」（《漢魏六朝文體變遷之一考察》；《論衡》，頁一一九～一三〇）

一七・二

從八卦到《洛書》、五行，這是中國哲學最早的構想型式。

一七・三

「才」是否遺傳？「氣」與體力有關。

一七・四

天才比他人敏感，有直覺上的一種感覺，但在心理上、社會上也會退化——這可以參考《程器篇》。

一七・五

《體性篇》：「是以賈生俊發，故文潔而體清……。」【註】「俊發」指人的個性；「文潔而體清」指文章的風格。劉勰的認識之路：一從文章推想（風格），一依據賈誼的傳記（個性、人格）。

【註】《文心雕龍・體性篇》上的整段文字是：「若夫八體屢遷，功以學成，才力居中，肇自血氣；氣以實志，志以定言，吐納英華，莫非情性。是以賈生俊發，故文潔而體清；長卿傲誕，故理侈而辭溢；子雲沈寂，故志隱而味深；子政簡易，故趣昭而事博；孟堅雅懿，故裁密而思靡；平子淹通，故慮周而藻密；仲宣躁銳，故穎出而才果；公幹氣褊，故言壯而情駭；嗣宗俶儻，故響逸而調遠；叔夜儁俠，故興高而采烈；安仁輕敏，故鋒發而韻流；士衡矜重，故情繁而辭隱。觸類以推，表裡必符，豈非自然之恆資，才氣之大略哉！」夢鷗師云：「這主觀的判斷到了魏晉以下，便被強調為藝術創作及欣賞兩方面的主要規範。曹丕《論文》，說『文以氣為主，氣之清濁有體。』於是美的形式亦包括於這主觀的氣中。後來劉勰在《文心雕龍》中暢言『體性』而列舉八種美的形式，亦即從這主觀事實上反映出來。」（《中國審美思想窺源》；《論衡》，頁三二七～三二八）

一七・六

文章的好，在「學」、在「熟練」。

一七・七

我們中國人寫「生平」，比洋人差多了。

一七・八

劉勰所用的「情」字須加以界說，有指情緒、情文、情義、情事的。劉勰有把「知識」（認識）與「情」合說的，也有分說的。

第一八講

❖本篇重點在《文心雕龍·隱秀篇》；為夢鷗師評學生《文心雕龍論修辭方法——〈隱秀〉》所論。

一八・一

隱喻是像：「朔風動秋草，邊馬有歸心。」【註】深一層的隱喻，不是命題式的，如：「遠戍」，也不是換喻式的，如：「簪纓」之於仕宦。

【註】「朔風動秋草，邊馬有歸心」，晉朝王贊詩句，全詩為：「朔風動秋草，邊馬有歸心；胡寧久分析，靡靡忽至今？王事離我志，殊隔過參商。」（見《文選》，頁四一九）劉勰於《文心雕龍・隱秀篇》云：「『朔風動秋草，邊馬有歸心』，氣寒而事傷，此羈旅之怨曲也。」（范註《文心》，頁六三二）

一八・二

《隱秀篇》只剩下幾句話，《文心雕龍》其他篇沒有提「秀」，這篇應該會談，但他如何說我們就不知道了。

一八・三

警策與陸機《文賦》有關【註】。

【註】陸機《文賦》云：「立片言而居要，乃一篇之警策。」李善注：「以文喻馬也，言馬因警策而彌駿，以喻文資片言而益明也。夫駕之法，以策駕乘，今以一言之好，最於眾辭，若策驅馳，故云『警策』。」（李善注《文選》，頁二四一）又，夢鷗師云：「至於秀句，他既稱之為『篇中之獨拔』，如果可視為陸機《文賦》中所謂『立片言而居要，乃一篇之警策，雖眾辭之有條，必待茲而效績。』是相同的意思，則警策的語句，當是整段或整篇文章的眼目，亦為使人興奮的語句。但它之所以成為『警策』，並非突然冒出，必須前扶後擁，使語勢突出，而成為最惹眼的語句。」（《奧秘》，頁一九八）

一八・四

依劉勰所訂的篇目，有的是兩字一義，如：「明詩」，有的是一字一義，如：「章句」、「聲律」。

一八・五

《隱秀》要和《夸飾》放在一起，就形式與意義都通，《隱秀》談內容，《夸飾》談外飾，《隱秀》與《夸飾》恰是相對的。

一八・六〔補〕

周振甫「如吳兢的《蓬州野望》詩……」【註一】——「吳兢」說錯了，是「元兢」，元兢字思敬【註二】，這首詩，《全唐詩》漏錄，詩傳到了日本。〔周振甫前一頁說〕「《文鏡秘府論》講到調聲三術」，「調聲三術」就是元兢寫的【註三】。

【註一】周振甫的話見於《文心雕龍注釋》，在《聲律篇》中的「說明」，周氏云：「音節有雙音節和單音節，如吳兢的《蓬州野望》詩：『水共三巴遠，山隨八陣開』。即仄仄——平平——仄，平平——仄仄——平。」（里仁版，頁六四〇；中國青年版，頁五三五）元兢此詩可見於《文鏡秘府論》，其曰：「飄飄宕渠域，曠望蜀門隈。水共三巴遠，山隨八陣開。橋形疑漢接，石勢似煙迴。欲下他鄉淚，猿聲幾處催。」（頁一三二）。

【註二】夢鷗師云：「元兢的生卒年代雖不可考，但他有一篇敘述其編選古今詩人秀句的文章，被採錄在《文鏡秘府論》南卷。據那敘文，他於唐高宗龍朔元年（六六一）曾為周王府參軍，那個周王就是後來即位的中宗李顯，當他為周王時，上官儀的兒子上官庭芝，也是周王府的僚屬。不但從上官庭芝與元兢同官的關係，可看出元兢應為上官儀的晚輩，更從他留下《詩髓腦》的殘文常引稱上官儀的緒說，尤可證知他是上官儀同時稍後的人。」參夢鷗師《有關唐代新體詩成立之兩種殘書》（《探索》，頁二四二）。此外，元兢的生平與詩學論著，夢鷗師嘗撰文專論，詳《初唐詩學著述考》（頁六三～七九）。

【註三】周振甫云：「《文鏡秘府論》講到調聲三術，指出宮商為平聲，徵為上聲，羽為去聲，角為入聲，即用四聲來配五音。」（里仁版，頁六三九；中國青年版，頁五三五）按：《文鏡秘府論》天卷論調聲部分，載元兢語：「聲有五聲，角徵宮商羽也。分於文字四聲，平上去入也。宮商為平聲，徵為上聲，羽為去聲，角為入聲。……調聲之術，其例有三：一曰換頭，二曰護腰，三曰相承。」（頁一三）。元兢的「調聲三術」，並可參夢鷗師《初唐詩學著述考》（頁七〇～七五）。

一八・七〔補〕

嚴滄浪講「心證」。

註引文獻

一、夢鷗師撰譯部分（以文獻筆畫為序）：

《中國文學理論與實踐》，臺北：時報文化出版企業有限公司，一九九五；本講記中簡稱《實踐》。此書原為《文學概論》，由臺北之帕米爾書店於一九六四年印行，一九七六年付藝文印書館重刊，此為該書修訂本。

《文心雕龍：古典文學的奧秘》，臺北：時報文化出版企業有限公司，一九八七；本講記中簡稱《奧秘》。

《文學論——文學研究方法論》，René Wellek、Austin Warren原著；夢鷗師與許國衡合譯；臺北：志文出版社，一九七六；本講記中簡稱《文學論》。

《文藝美學》，臺北：遠行出版社，一九七六；本講記中簡稱《美學》。

《初唐詩學著述考》，臺北：臺灣商務印書館股份有限公司，一九七七。
《文藝論談》，臺北：學英文化事業有限公司，一九八四；本講記中簡稱《論談》。此書原以《文藝技巧論》之名，由臺北之重光出版社於一九五九年印行，新版並增益兩篇。
《古典文學論探索》，臺北：正中書局，一九八四；本講記中簡稱《探索》。
《傳統文學論衡》，臺北：時報文化出版企業有限公司，一九八七；本講記中簡稱《論衡》。
《鄒衍遺說考》，臺北：臺灣商務印書館，一九六六。
《魏晉南北朝文學之發展》，收於夢鷗師與其他學者合著的《中國文學的發展概述》，臺北：中央文物供應社，一九八二；本講記中簡稱《發展》。

二、其他文獻（以原編著者姓名筆畫為序）：

丁福保輯：《歷代詩話續編》，北京：中華書局，一九八三。
小西甚一撰：《文鏡秘府論考・研究篇》上，京都：大八洲出版，一九四八。
《文鏡秘府論考・第2下》，東京：大日本雄弁会講談社，一九五一。

《文鏡秘府論考・第3》，東京：大日本雄弁会講談社，一九五三。

孔穎達疏；阮元校：《尚書正義》，收錄於《十三經注疏》，第一冊，臺北：藝文印書館，一九九七。

《周易正義》，收錄於《十三經注疏》，第一冊，臺北：藝文印書館，一九九七。

《毛詩正義》，收錄於《十三經注疏》，第二冊，臺北：藝文印書館，一九九七。

《論語正義》，收錄於《十三經注疏》，第五冊，臺北：藝文印書館，一九九七。

《孟子正義》，收錄於《十三經注疏》，第五冊，臺北：藝文印書館，一九九七。

《禮記正義》，收錄於《十三經注疏》，第五冊，臺北：藝文印書館，一九九七。

王更生撰：《文心雕龍研究》，臺北：文史哲出版社，一九七九。

《文心雕龍讀本》，臺北：文史哲出版社，一九九一。

司空圖原撰；曾冷泉注釋：《詩品通釋》，西安：三秦出版社，一九八九。

司馬光撰；胡三省注：《資治通鑑》，臺北：世界書局，一九八七。

司馬遷撰：《史記》，北京：中華書局，一九六九。

朱熹集注：《四書集注》，臺北：世界書局，一九七九。

吳處厚撰；李裕民點校：《青箱雜記》，北京：中華書局，一九八五。

李曰剛撰：《文心雕龍斠詮》，臺北：國立編譯館，一九八二。

李延壽撰：《南史》，北京：中華書局，一九七五。

李商隱原撰；馮浩箋注、蔣凡校點：《玉谿生詩箋注》，上海：上海古籍出版社，一九九八。

邢君實撰：《拊掌錄》，收錄於《筆記小說大觀》六編，臺北：新興書局，一九八九。

阮元撰集：《經籍纂詁》，臺北：世界書局，一九八一。

林明德訪撰：《文論說部居泰山——王夢鷗教授》，臺北：文史哲出版社，一九九九。

姚思廉撰：《梁書》，北京：中華書局，一九七三。

郎瑛撰：《七修類稿》，收錄於《續修四庫全書》第一一二三冊，上海：上海古籍出版社，二〇〇七。

徐復觀撰：《文心雕龍淺論之六——文之樞紐》，收錄於其《中國文學論集》，臺北，臺灣學生書局，一九八三。

班固撰；顏師古注：《漢書》，北京：中華書局，一九六二。

袁枚原撰；王英志主編：《袁枚全集》，南京：江蘇古籍出版社，一九九三。
馬銘浩訪撰：《一字一句下功夫——嚴謹治學的王夢鷗教授》，見一九九〇年五月三日《中央日報》第十七版。
張邦基撰；孔凡禮點校：《墨莊漫錄》，北京：中華書局，二〇〇二。
曹寅、彭定求等奉敕編：《全唐詩》，上海：上海古籍出版社，一九八六。
許慎原撰；段玉裁注：《說文解字注》，臺北：漢京文化事業有限公司，一九八〇。
郭茂倩輯：《樂府詩集》，北京：中華書局，一九七九。
陳師道撰：《後山詩話》，收錄於《宋詩話全編》（第貳冊），南京：江蘇古籍出版社，一九九八。
揚雄原撰；汪榮寶義疏；陳仲夫點校：《法言義疏》，北京：中華書局，一九八七。
葛洪撰：《抱朴子》，收錄於《諸子集成》第八冊，上海：上海書店，一九八六。
實叉難陀譯：《華嚴經》（據影印宋磧砂版大藏經），上海：上海古籍出版社，一九九一。
劉向撰：《別錄》，收錄於《百部叢書集成》（第三八輯），臺北：藝文印書館，一九六八。
集錄：《戰國策》，臺北：里仁書局，一九七九。
劉毓崧撰：《通義堂文集》（《求恕齋叢書》第十六函），收錄於《叢書集成續編》之七，臺北：藝文印書館，一九七〇。

劉勰原撰；范文瀾注：《文心雕龍註》（增訂本），臺北：明倫出版社，一九七一。

周振甫注：《文心雕龍注釋》，臺北：里仁書局，一九八四；此書為前書之臺灣版；本講記中簡稱「里仁版」。

周振甫注：《文心雕龍譯注》，收錄於《周振甫文集》，第七卷，北京：中國青年出版社，一九九九；本講記中簡稱「中國青年版」。

楊明照校注：《文心雕龍校注拾遺》，臺北：崧高書社股份有限公司，一九八五。

歐陽修撰；李偉國點校：《歸田錄》，北京：中華書局，一九八一。

潘重規撰：《劉勰文藝思想以佛學為根柢辨》，刊於《幼獅學誌》，第十五卷第三期，頁一〇〇-一一一，一九七九年六月。

盧照鄰原撰；祝尚書箋注：《盧照鄰集箋注》，上海：上海古籍出版社，一九九四。

蕭子顯撰：《南齊書》，北京：中華書局，一九七二。

蕭統編；李善注：《文選》（新校胡刻宋本），臺北：華正書局有限公司，一九九四。

鍾嶸原撰；陳延傑注：《詩品注》，北京：人民文學出版社，一九九八。

韓愈原撰；馬其昶校注；馬茂元整理：《韓昌黎文集校注》，上海：上海古籍出版社，一九八六。

顏之推原撰；周法高撰輯：《顏氏家訓彙注》，臺北：中央研究院歷史語言研究所，一九九三。

魏徵等撰：《隋書》，北京：中華書局，一九七三。

魏慶之撰：《詩人玉屑》，臺北：臺灣商務印書館股份有限公司，一九七二。

嚴羽撰：《滄浪詩話》，收錄於《宋詩話全編》（第玖冊），南京：江蘇古籍出版社，一九九八。

釋太虛撰；黃夏年主編：《太虛集》，北京：中國社會科學出版社，一九九五。

釋空海撰：《文鏡秘府論》，臺北：河洛圖書出版社，一九七六。

釋皎然原撰；李壯鷹校注：《詩式校注》，濟南：齊魯書社，一九八六。

釋僧祐撰：《弘明集》，臺北：新文豐出版股份有限公司，一九八六。
蘇晉仁、蕭錬子點校：《出三藏記集》，北京：中華書局，一九九五。

後記

講記付梓之際，自輔仁大學中文系胡正之教授處得知，其讀博士班時，曾赴木柵選修夢鷗師有關《文心雕龍》以及唐人小說的課，並隨堂錄音，每週皆老師全程講授，而非針對學生報告鉤要評析。然頗歷年所，錄音帶已不知下落，即使檢得，想亦毀損。聞之憮然！既盼其重現於萬一，而類推其情，友儕間或亦有錄音、記文者，則幸期董理，以饗士林。

國家圖書館出版品預行編目

王夢鷗先生《文心雕龍》講記 / 高大威著.-- 一版. --臺北市 : 秀威資訊科技 , 2009.2
面； 公分.--(語言文學類 ; AG0106)
BOD版
參考書目 : 面
ISBN 978-986-221-145-8(平裝)
1.文心雕龍 2.研究考訂

820 97024832

語言文學類 AG0106

王夢鷗先生《文心雕龍》講記

講 授 者 / 王夢鷗
編 註 者 / 高大威
發 行 人 / 宋政坤
執行編輯 / 黃姣潔
圖文排版 / 陳湘陵
封面設計 / 蕭玉蘋
數位轉譯 / 徐真玉 沈裕閔
圖書銷售 / 林怡君
法律顧問 / 毛國樑 律師
出版印製 / 秀威資訊科技股份有限公司
台北市內湖區瑞光路583巷25號1樓
電話：02-2657-9211 傳真：02-2657-9106
E-mail：service@showwe.com.tw
經 銷 商 / 紅螞蟻圖書有限公司
台北市內湖區舊宗路二段121巷28、32號4樓
電話：02-2795-3656 傳真：02-2795-4100
http://www.e-redant.com

2009 年 2 月 BOD 一版
定價： 310 元

讀　者　回　函　卡

感謝您購買本書，為提升服務品質，煩請填寫以下問卷，收到您的寶貴意見後，我們會仔細收藏記錄並回贈紀念品，謝謝！

1.您購買的書名：＿＿＿＿＿＿＿＿＿＿＿＿＿＿＿

2.您從何得知本書的消息？

☐網路書店　☐部落格　☐資料庫搜尋　☐書訊　☐電子報　☐書店

☐平面媒體　☐ 朋友推薦　☐網站推薦　☐其他＿＿＿＿＿

3.您對本書的評價：(請填代號　1.非常滿意 2.滿意 3.尚可 4.再改進)

封面設計＿＿　版面編排＿＿　內容＿＿　文/譯筆＿＿　價格＿＿

4.讀完書後您覺得：

☐很有收獲　☐有收獲　☐收獲不多　☐沒收獲

5.您會推薦本書給朋友嗎？

☐會　☐不會，為什麼？＿＿＿＿＿＿＿＿＿＿＿＿＿＿＿＿＿＿＿

6.其他寶貴的意見：＿＿＿＿＿＿＿＿＿＿＿＿＿＿＿＿＿＿＿＿＿

＿＿＿＿＿＿＿＿＿＿＿＿＿＿＿＿＿＿＿＿＿＿＿＿＿＿＿＿＿

＿＿＿＿＿＿＿＿＿＿＿＿＿＿＿＿＿＿＿＿＿＿＿＿＿＿＿＿＿

＿＿＿＿＿＿＿＿＿＿＿＿＿＿＿＿＿＿＿＿＿＿＿＿＿＿＿＿＿

讀者基本資料

姓名：＿＿＿＿＿＿＿＿＿＿　年齡：＿＿＿　性別：☐女　☐男

聯絡電話：＿＿＿＿＿＿＿＿　E-mail：＿＿＿＿＿＿＿＿＿＿

地址：＿＿＿＿＿＿＿＿＿＿＿＿＿＿＿＿＿＿＿＿＿＿＿＿＿

學歷：☐高中(含)以下　☐高中　☐專科學校　☐大學

☐研究所(含)以上　☐其他＿＿＿＿＿＿

職業：☐製造業　☐金融業　☐資訊業　☐軍警　☐傳播業　☐自由業

☐服務業　☐公務員　☐教職　☐學生　☐其他＿＿＿＿＿

請貼
郵票

To：114

台北市內湖區瑞光路 583 巷 25 號 1 樓

秀威資訊科技股份有限公司　　收

寄件人姓名：

寄件人地址：□□□

(請沿線對摺寄回,謝謝!)

秀威與 BOD

BOD（Books On Demand）是數位出版的大趨勢，秀威資訊率先運用 POD 數位印刷設備來生產書籍，並提供作者全程數位出版服務，致使書籍產銷零庫存，知識傳承不絕版，目前已開闢以下書系：

一、BOD 學術著作—專業論述的閱讀延伸
二、BOD 個人著作—分享生命的心路歷程
三、BOD 旅遊著作—個人深度旅遊文學創作
四、BOD 大陸學者—大陸專業學者學術出版
五、POD 獨家經銷—數位產製的代發行書籍

BOD 秀威網路書店：www.showwe.com.tw
政府出版品網路書店：www.*gov*books.com.tw

永不絕版的故事・自己寫・永不休止的音符・自己唱